KB053491

조각보

조각보

정금자 수필집

정출판

책을 펴내며

어머니는 천을 다루는 솜씨가 남달랐다. 자투리 천이나 조각천만 있으면 밥상보, 조각보, 조각 이불 등 여러 가지를 만드셨다. 어머니는 밤새 요술이라도 부리셨나보다. 초저녁에 만지신 자투리 천 조각이 자고나면 쓸모 있는 것으로 신기하게 바뀌어 있었다. 달달달 재봉틀을 돌리시는 소리가 자장가처럼 들렸다. 소피를 보러 일어나 바라본 어머니 모습은 단호했다. 자투리 천 조각만 있으면 세상 끝까지라도 이으실 것 같은 모습이셨다.

어머니 유품 삼베조각보를 꺼냈다. 반백년이 훌쩍 넘었지만 한 땀 한 땀 정성들여 바느질한 어머니의 수공과 정성이 깃든 삼베조각보는 소중한 나의 보물이다. 어머니 흉내를 내어 나도 자투리 천으로 조각보를 만들어 보았다. 어머니 솜씨에 미치려면 아직이라는 걸 느낀다. 노년의 삶에 접어들었음에도 오욕칠정汚辱七情에서 한 가지도 벗어나지 못한 내 삶처럼 모양도 색도 마음에 들지 않는다.

한평생 지나온 기억들은 자투리 천조각과 흡사했다. 어머니가 바느질하시던 모습을 떠올리며 조각보처럼 흩어진 기억들을 모아 이리 섞고 저리 나누기를 여러 번 하여 한 다발로 엮었다. 한 땀 한 땀 서툰 글을 이어 붙여 글을 다듬으면서 자신을 새롭게 발견하니 세상을 보는 눈이 전보다 더 넓어진다. 화려한 예술적 가치를 발하는 수준은 못 될지라도 투박한 삼베조각보처럼 진솔한 글들이기에 첫 아이를 얻은 것처럼 소중하다.

글쓰기를 지도해주신 충북대 평생교육원 김홍은 교수님께 감사드린다. 그리고 격려와 사랑으로 함께해 준 문우님들도 참 고맙다. 항상 버팀목이 되어준 남편과 가족에게도 고마움을 전한다.

2019 가을에
정금자

5

차례

1부   관 속에 누워서

2부   피사리

7부 영원한 길동무

죽음이란 인생의 고해를 건너 영원한 안식을 찾아가는
축복의 길이라는 생각도 든다.
하지만 또 살다 보면 마음속에서 탐욕이 꿈틀거리거나,
교만이나 증오심이 다시 일어나게 될지도 모른다.

1부

관 속에 누워서

관 속에 누워서

성당에서 죽음 예행연습을 한다고 광고를 했다. 언젠가는 모두 죽어야 함에도 연습할 수 없는 것이 죽음 아니던가. 그러고 보니 내가 죽을 수도 있다는 것에 대해 깊이 생각한 적이 없다. 그래, 이번에 죽음체험 한 번 해보는 거다. 신청자에 한해 체험할 수 있는 이색 행사에 구미가 당겨 신청했다.

드디어 관 속에 들어가 보는 그날이 왔다. 성당에 들어서니 검은색 커튼이 드리워져 있고 그 안에는 사람이 운명했을 때 사용하는 관이 놓여 있었다. 실제 상황처럼 한쪽에서는 신자들이 구슬픈 소리로 연도를 하고 있다. 또 다른 쪽에서는 죽음 예행연습을 신청한 이들이 길게 줄을 서서 기다린다.

기다리는 사람들의 대열 속에 서 있다 보니 자못 진지해졌다. 그저 한번 체험해보자고 신청했는데 나도 모르게 숙연해져서 그 분위기에 빨려들어 갔다. 내 차례가 가까이 오자 초조해지기까지 하며 정말로 죽음에 다가선 듯 가슴이 철렁하며 기분이 언짢았다. 그만둘까 생각하는 순간 내 차례가 되었다.

한발 한발 제단으로 올라 관 속으로 들어가 앉았다. 진행을 도와주는 교우가 손을 잡아 똑바로 눕혀주었다. 연도 소리가 쉬지 않고 들린다. "우리는 그리스도인의 한 가족인 글라라의 죽음을 슬퍼하고 있습니다. 그러나 그리스도인에게는 죽음이 삶의 끝이 아니라 영원한 삶의 시작입니다. 언제나 저희를 불쌍히 여기시어 너그러이 용서하시는 하느님, 오늘 이 세상을 떠난 망자 글라라를 기억하시옵소서. 그 영혼을 사탄의 손에 넘기지 마시고, 거룩한 천사들이 그를 고향 낙원으로 데려가게 하소서!" 하고 신부님이 기도하셨다.

쾅! 관 뚜껑이 닫혔다. 가슴도 쾅 내려앉았다. 심장이 거칠게 뛴다. 캄캄한 어둠만이 남으면서 마치 다시 살아 밖으로 나올 수 없을 것 같은 착각이 든다. 아, 언젠가는 이렇게 죽겠구나. 지금 이 상황과 다른 것이 있다면 지금처럼 심장이 두근거리지 않을 것이고 아무런 생각도 할 수 없다는 거겠지….

기도를 해야겠다. 나는 그곳에 누워서 기도를 올렸다. 나도 모르게 간절한 마음이 되었다. 언젠가 실제로 죽음을 맞는 그 날이 오면 이생을 떠나기 싫어하는 추한 모습이 되지 않기를 기도했다. 영원한 천상의 행복한 나라를 소망하며 기꺼이 죽음을 받아들이도록 나의 의지를 붙잡아 달라고 아뢰었다.

그러면서 나의 장례식 풍경을 상상해보았다. 곁에서 흐느끼는 남편, 오열하는 아들딸과 손주들이 보인다. 그리고 조문객들이 보인다. 나와 교제하며 살았던 사람들이 줄줄이 스치며 보인다. 생각해보니 사는 동안 입으로만 걱정하고 입으로만 사랑한 사람들인데도 고맙게 문상을 와주었다. 이곳에서 나가면 말로만이 아닌, 마음을 다해 저들을 사랑하리라고 다짐해 본다.

둘러보니 섭섭한 마음을 가졌던 이들도 찾아왔다. 생각해보니 내가 잘못했던 적이 더 많았다. 그들에게 미안했다. 그렇게 이런저런 일들을 떠올리자 나도 모르게 눈물이 주룩 흘러내렸다. 이상한 일이다. 처음에는 섬뜩하고 착잡한 것이 두렵기까지 했는데, 기도를 하고 나니 참으로 평안해졌다.

"일어나세요." 관 뚜껑이 열리며 신부님이 말씀하셨다. 잠깐이었지만 나를 성찰하는 의미 있는 시간이었다. 죽음 예행연습을 하고 현실로 돌아왔다. 제일 먼저 무엇이 하고 싶은가 남은 삶을 어떻게 살고 싶은가 나에게 물어보았다. 먼저 때 묻은 심안을 털고 닦아서 맑게 해야겠다. 부끄러워 숨기고 싶은 것들을 씻어 내야겠다. 욕심내서 새로운 것을 배우는 것도 중요하지만 덜어낼 때가 된 것 같다. 이제부터 덜어내고 흘려보내야겠다.

평생 살아온 날들을 돌아보니 너무 힘들게 살아왔다. 애면글면 살아오면서 가진 것이 많아서 등에 짊어진 삶의 무게가 버거워서였을까. 내 몸이 무겁고 늘 아팠다. 무엇이 그리 바쁜지 여유를 가지지 못했다. 자식들에게도 칭찬은 아끼고 엄하게만 살아온 것이 후회된다. 좀 더 다정한 엄마로 화를 덜 내고 살 걸 그랬다.

감사하기보다 불만이 많았던 것도 후회스럽다. 세상에 대한 진실한 사랑만이 사소한 불만과 불행한 마음을 녹일 수 있는 것을, 나는 너무 팍팍히게 살았다. 뭔가를 이루기 위해 전속력으로 달리는 것보다는 곁에 있는 가족의 손 한 번이라도 잡아 주는 것이 더 값진 일이라는 것을 깨닫는다. 이웃들에게는 좀 더 따뜻하고 정다운 눈빛으로 마음을 주자고 다짐해 본다. 이 정도는 마음만 먹으면 얼마든지 할 수 있는 일인 것을 너무 인색하게 살았다.

　살아 있는 사람들에게는 슬픔의 고통이 따르지만, 죽음을 맞는 사람은 그믐달이 구름 속으로 스러지듯 가고 만다. 죽음은 누구도 피할 수 없고 어느 날 예고 없이 갑자기 찾아올 수도 있다. 죽음을 꼭 슬퍼만 할 것은 아니다. 가족으로 또는 친구로 맺음이란 인연을 다하면 헤어지는 게 인생이지 않던가. 짧은 순간이었지만 죽음 예행을 하고 나니 짐을 내려놓은 듯 마음이 편안해졌다.
　죽음이란 인생의 고해를 건너 영원한 안식을 찾아가는 축복의 길이라는 생각도 든다. 하지만 또 살다 보면 마음속에서 탐욕이 꿈틀거리거나, 교만이나 증오심이 다시 일어나게 될지도 모른다. 그럴 때마다 온갖 후회를 하지 않기 위해 관속에 누워있던 죽음 예행 연습을 떠올려야겠다. 그때의 느낌, 그때의 다짐도 함께…. 그렇게 두고두고 죽음 예행체험을 남은 삶의 반성의 기회로 삼을 것이다.

목욕

지치고 고단한 몸을 풀고 싶어 오랜만에 공중목욕탕에 갔다. 붐비는 탕 안에는 포동포동한 어린아이, 젊은 아줌마들, 굵은 주름살이 얼굴에 자글거리고 뱃살이 출렁이는 할머니도 있다. 따뜻한 물에 몸을 담그니 쌓인 피로가 사라지고, 몸 구석구석에서 행복의 외침인 양 온몸의 세포가 일어선다. 늙어가는 우리네와는 달리 옷을 벗은 어린 여자아이들은 갓 자라나는 열매들처럼 사랑스럽다. 풋사과 같은 어린아이들을 보자니 우리 아이들을 데리고 목욕탕에 다니던 아련한 옛일들이 떠오른다.

아이들이 어릴 때는 추운 겨울에 집에서 목욕하기가 쉽지 않아 집 근처 대중목욕탕에 데리고 갔다. 입장표를 사려면 주인은 우리 아이들이 여럿인 것을 보고는 반갑지 않은 표정으로 수건과 거스름돈을 내밀었다. 아이들은 때 밀 때의 고통이 싫어 가지 않겠다고 떼를 쓰기도 했으나, 목욕 후 개운함과 먹고 싶은 것 사 먹는 재미를 놓치고 싶지 않은지 이내 따라나선다. 또한 목욕탕에 가면 물놀이를 할 수 있다는 기대도 아이들에게는 컸던 것 같다.

우리들은 자리싸움을 하면서 엉덩이를 비집고 간신히 자리를 잡고 앉았다. 아이들이 금시 물장난에 푹 빠졌다. 나는 얼른 먼저 씻고 아이들을 씻기려고 머리를 감기 시작했다. 그런데 그때 아이가 물에 빠졌다며 왁자지껄한다. 비누 거품이 가득한 머리를 들고 바라보니 세상에, 내 딸이 물에 빠진 것이 아닌가! 재빨리 아이를 건져내어 품에 안고 토닥이며 달래보지만 놀란 아이는 쉽게 울음을 그치지 못했다.

엄마의 따뜻한 체온을 느끼면서 겨우 안정을 찾게 되었지만, 나는 놀란 가슴을 쓸어내려야만 했다. 아이들이 어리다 보니 바닥에 미끄러져 다칠까, 탕 속에 빠질까, 노심초사하며 제대로 씻지도 못하고 나올 때가 많았다. 그런데도 목욕탕에서 나오면 아이들이 뽀얗게 되어 한층 커 보이곤 했다. 목욕탕에 다니던 일은 추억이기도 하지만 나에겐 한바탕 고역을 치러야 하는 곳이기도 했다.

내 고향은 짙은 녹음 속에서 노래하는 매미의 합창 소리를 들으며 자연과 사람이 어우러져 사는 정겹고 인심 좋은 곳이었다. 한여름 가마솥 더위에 조금만 움직여도 숨이 턱턱 막히고 땀이 줄줄 흘러내렸다. 그런 날은 매미 소리조차 짜증스러웠다. 소나기가 한바탕 대지를 휩쓸고 지나가야만 막혔던 숨통이 좀 트였다. 그제야 목말랐던 나무들도 덩달아 신이 나서 나뭇잎을 팔랑대며 춤을 추고 소낙비가 몰고 오는 바람에 풀들도 싱글벙글 생기를 띠었다.

마을 어귀 논 가운데에 석축을 쌓아 만든 바가지로 물을 푸는 큰 샘이 있었다. 샘 둑에는 세월을 말하는 듯 향나무 한그루가 비스듬히 누워 있었다. 물이 맑고 수량도 많아 오랜 가뭄에도 물이 줄어들지 않아 큰말, 작은말 사람들이 풍족하게 쓰고도 남았다. 샘의 한쪽 면을 낮게 만들어 항상 물이 흐르게 하고 큼직한 돌을 놓아 빨래터를 만들었다. 그런데 바가지로 물을 퍼서 나물도 씻고 보리쌀도 닦는 샘이 여름밤에는 공중목욕탕으로 변하기 일쑤였다. 내가 고등학교 다닐 무렵 그 여름밤을 떠올리면 웃음이 절로 나온다.

그날도 동네 아낙들은 종일 땀 흘리며 일하다 땅거미가 질 무렵에야 집에 돌아갔다. 낮에도 땀 흘리며 일했는데, 불을 때서 저녁밥을 지어 먹어야 했으니 얼마나 더웠을까. 느지막한 시간이 되고 달빛이 어스름하니 온 동네를 비추면 나도 더위를 견디기 힘들어 샘으로 나가곤 했다. 그날도 샘으로 나가보니 이 골목 저 골목에서 아낙네들이 나왔다. 물동이나 물지게를 이고 지고 빨래를 담은 대야를 옆에 끼고 삼삼오오 웃으며 샘으로 모여들기 시작했다.

눈치 빠른 달님이 구름 뒤로 슬쩍 숨어주면 주위가 어두워졌다. 그러면 누가 먼저랄 것도 없이 사람들은 옷을 훌훌 벗어 향나무에 걸쳐 놓고 물 한 바가지 퍼서 몸에 좍 끼얹으면 세상에 부러울 게 없었다. 나도 친구와 함께 아낙네들 틈에 끼어서 서로의 몸에 물을 끼얹으며 웃었다. 여기저기서 물 끼얹는 소리가 요란해졌다. 빨래터에서 하루의 고단함을 옷과 함께 비벼 빨며 목욕도 하면서 이야기꽃을 피웠다.

그때였다. "사람이 마시는 샘에서 무슨 짓들이냐!" 마을 어귀에 사시는 박씨 할아버지가 호통을 치셨다. 벌거벗은 여인들은 옷을 챙길 겨를도 없이 손으로 얼굴만 가리고 논둑 밭둑으로 걸음아 날

살려라 몸을 숨기기에 급급했다. 은은한 달빛 아래 아름다운 여체들의 난무하는 광경은 어디서도 볼 수 없는 진풍경이었다. 숨었던 달님도 재미있는지 웃으며 더 환히 비추었다.

갈팡질팡 뛰어가다 논에 빠져서 진흙투성이가 된 나와 친구는 울상이 되어 가슴을 쓸어내렸다. 힘들고 찌들었던 마음이 뻥 뚫리는 것 같다. 박씨 할아버지 노기가 잠잠해지자 다시 샘으로 돌아와 낄낄거렸다. 가슴을 졸이며 목욕을 해도 악의가 없는 할아버지 마음을 알기에 호통 소리가 싫지 않았다.

흐르는 물은 지우지 못할 것이 없었다. 동네 아낙들은 속 끓던 시집살이 설움을 빨래터에 쏟아 흘려보내곤 했다. 정감 섞인 서방님 험담도 하며 얼룩진 마음에 물을 끼얹으며 시원해한다. 그럴 때면 달님도 물밑으로 숨어들어 샘 가운데 떠서 빙긋이 웃는다. 나는 목욕을 한 뒤 물지게로 물을 길어와 어머니 땀을 씻겨 드렸다. 마루엔 달빛이 가득한데 배나무 밑에서 들리는 풀벌레 소리가 정겨웠다. 어디선가 하모니카 소리가 들리며 여름밤은 깊어갔다.

탕 안에 기대어 옛일들을 생각하노라니 격세지감이 느껴진다. 동네 사람들의 공동생활 용수였던 샘을 목욕탕으로 사용하던 그 시절은 불편하긴 했지만 서로 남을 배려하던 따뜻한 마음과 인정이 살아 있던 시절이었다. 요즘 목욕탕에 가보면 위생시설도 잘되어 있고 찜질방, 사우나 시설이 갖추어져 있어 휴식 공간이 되기도 한다. 옛날과는 비교할 수 없는 좋은 환경에서 목욕하지만 나는 목욕탕에 올 적마다 고향 동네 목욕탕 풍경이 떠오른다. 샘가에서 퍼

지던 정겨운 음성들이 그립고, 세상 돌아가는 이야기를 나누며 옹기종기 물을 끼얹어주며 정을 나누던 그 샘가가 그립다. 물이 줄줄 새던 바가지가 그립고, 모두 가난했지만 따뜻했던 옛날 풍경들이 그립다.

콩밭을 매면서

　오늘은 또 얼마나 푹푹 찌는 더위일까 지레 겁이 난다. 이 삼복더위에도 나를 부르는 곳이 있으니 아침 일찍 밭을 향해 나선다. 콩밭인지 풀밭인지 부끄러워 눈을 가리고 싶다. 일할 때 깔고 앉는 스티로폼 의자에 앉아 풀밭을 바라본다. 함초롬히 이슬을 머금은 채 잠에서 덜 깬 아침 풀들 모습이 싱그럽다. 풀밭 세상을 가만히 들여다본다. 풀들도 같은 종류끼리 무리 지어 살기도 하고, 다른 풀과도 자리다툼 없이 사이좋게 서로 양보하며 사는 모습이 평화로워 보인다.

　"야, 너희들 왜 이렇게 아우성이야" 정신없이 풀을 뽑으면서 투덜댄다. 잡초는 왜 제멋대로 아무 데서나 자라며 사람을 괴롭히는 걸까. 하지만 잡초라고 다 쓸모없는 무용지물은 아니다. 풀을 뽑다 보면 참비름, 미나리, 명아주 등 나물로 만들어 먹는 것도 보인다. 쇠비름, 민들레 등 효소를 만들어 위염, 동맥경화, 피로회복에 도움을 주는 것도 있다. 간에 좋고 어혈을 풀어주며 변비에 좋다는 엉겅퀴, 질경이도 있다.

　잡초들도 콩밭이 살기가 좋은가 보다. 콩밭에 사는 모습이 활기차 보인다. 잡초도 생명이 있고 그 나름의 살려는 싸움일진대 뽑아 내려고 하니 미안한 생각이 든다. 풀을 뽑아 뿌리가 하늘을 향하도록 콩 두둑에다 가지런히 올려놓고 뒤를 돌아본다. 내 이기심에 뽑혀 던져진 풀이 햇볕에 시들어가는 모습이 안쓰러워 보인다. 보이지 않던 콩잎이 바람에 춤을 추듯이 한들거린다. 허리를 펴고 주위를 살펴보니 뜨거운 햇살에 호박잎이 축 늘어져 가쁜 숨을 내쉰다. 달아오르는 지열이 금세 내 등을 적신다. 그때 전화가 왔다.

"엄마 어디야?"

"콩밭에 왔어."

"제가 콩 사드릴 테니 밭일 그만하고 얼른 집으로 오세요."

이 더위에 어미를 걱정하는 딸 목소리다. 딸의 마음이야 고맙지만, 더위에 콩밭에 나가는 내 마음을 누가 알까.

수년 전 일이다. 아들이 속이 불편하다며 아침을 거르는 일이 잦아지더니 점점 불편해했다. 그러는 와중에 우리 부부는 교통사고로 입원을 하게 되었다. 병원에서 아들의 위암 소식을 듣게 된 것이다. 날벼락을 맞은 듯 내 육신은 나락으로 곤두박질치는 것 같았다. 이런 상황을 사면초가라 하던가. 아들이 수술한다는데 가보지도 못하고 병실에 누워 눈물로 기도만 할 수밖에 없었다. 어디서부터 잘못된 것일까? 취업준비 때문에 받은 스트레스, 잘못된 식사 습관 등 모두가 내 잘못인 것만 같아 화장실에서 수돗물을 틀어놓고 꺽꺽 목울음을 울어야만 했다.

수술한 아들을 위해 무엇을 해야 할지 생각해 보았다. 면역력을 기르는 데는 유기농 야채가 좋다는데 구하기가 만만치 않았다. 시장에 있는 야채를 믿을 수 없어 급기야 내 손으로 채소를 기르기로 마음먹었다. 아들을 위해 서툰 농사를 시작했다. 오이, 고추, 토마토, 셀러리 등 여러 가지 채소를 심고 길렀다. 유황을 뿌려 마늘을 심고 수확한 후 콩을 심기 시작했다. 콩이 단백질이 풍부한 식품이라 아들을 살리려는 일념으로 더욱 열심히 농사를 지었다. 그때는 암에 걸리면 죽는 줄만 알고 공포에 떨었다. 항암 주사를 맞으며 먹지도 못하고 많이 힘들어하며 눈물짓던 아들, 존경받는 스승이 되겠다던 희망의 보따리 속에 소중히 담아둔 사랑과 꿈은 어쩌려고…. 수많은 날을 '힘내어라 아들아'를 수없이 되뇌이며 지냈다.

힘들게 콩밭 매는 내가 안쓰러워 보였던지 마을 사람들은 쉽게 농약을 주라 한다. 말 못 하는 이 간절한 마음을 콩밭은 알고 있을까? 땀이 눈으로 들어가 주체를 못 하였다. 이마에 수건을 동여매고 콩밭을 매며 농부들의 지혜를 배웠다. 농산물은 아들과 우리 가족의 건강을 지켜주는 소중한 양식이 되었다. 농사를 지으며 자연이 우리에게 얼마나 소중한가를 새삼 느꼈다. 그 후 아들은 완쾌되어 결혼도 하고 손자도 보았으니 감사한 일이다.

그때도 지금처럼 매미 소리가 한창이었다. 오늘은 목청 돋우며 울어대는 매미 소리에 옷이 다 젖도록 콩밭을 매며 다시금 아들 생각에 갇혀 버린다. 케일을 심어 녹즙을 내려주면 울상이 되어 마시던 모습이 떠오른다. 민들레가 좋다는 말을 듣고 여기저기 미친 듯이 찾아 헤매던 일, 호박을 심어서 씨를 까던 일, 콩으로 두부도 만들고 메주로 간장, 고추장도 담갔다. 현미 쌀가루에 쑥과 콩을 듬뿍 넣고 찰떡을 만들어 출근할 때 간식으로 가방에 넣어주었다. 힘내라는 무언의 메시지로 사랑을 전하던 일들이 지금도 생생하다. 햇빛이 먹구름에 가려 보이지 않던 때가 지나고 힘들게 건강을 찾은 아들에게 박수를 보낸다. 내 사랑하는 아들 이름을 조용히 불러 본다. 자식을 위해서라면 이만한 더위쯤이야 감사하는 마음으로 오늘도 즐겁게 콩밭을 맨다. 힘들어도 가을이 되어 콩을 수확해서 아들딸들에게 나누어 주는 기쁨은 어미의 즐거움이다.

　고통 없이 살아가는 사람이 어디 있을까. 눈을 들어 세상을 보니 고통은 인생의 깊이를 성숙으로 이끌어주는가 하면 어둡고 힘들게 만들기도 한다. 다가오는 고통을 지혜와 슬기로 이겨내고 경험을 살려 즐거운 삶으로 이끌어야 한다. 땀 흘리며 매던 콩밭은 아들의 병을 낫게 도와주고, 내 삶을 성숙시켜 준 고마운 땅이다. 콩밭 매며 흘렸던 눈물과 땀이 오히려 감사한 오늘이다.

푸새

 쌀을 물에 푹 불려 풀을 쑨다. 김이 풀풀 나면서 거품이 나고 끓어 넘치는 바람에 냄비 뚜껑이 열릴 듯 말 듯 들썩들썩한다. 한참 끓여 푹 퍼진 밥풀을 치대어 풀물을 만든다. 해마다 여름이 되면 나는 옷에 풀을 먹이려고 풀을 쑨다. 옷에 풀을 먹이는 푸새를 하노라면 어머니가 떠오른다. 친정집 대청마루에서 푸새한 옷을 손질하시던 어머니 모습이 눈에 선하다. 어느새 마음은 그 시절로 달려간다.

 햇살이 좋은 날이면 어머니는 빨랫줄에서 잘 말린 이불 홑청과 모시옷들을 거두어 마루에 펴놓으셨다. 그리곤 입에 물을 가득 물었다가 '푸!' 하고 내뿜기를 반복하셨다. 물안개가 퍼지며 빨래를 적시면 버석거리는 빨래가 촉촉해져 만지기 좋게 된다. 어머니와 나는 이불 홑청을 마주 잡고 이쪽저쪽으로 잡아당겨 맞당김을 했다. 그래야만 올이 바르게 되어 밟을 때도 구김이 덜 간다고 말씀하셨다. 푸새하여 옷들이 촉촉할 때 솔기를 펴고 매만져서 모양과 올을 바로 잡으며 갠다. 다음에는 빨래 보에 싼 뒤 꼭꼭 밟다가 다시 펴서 주름진 곳을 펴주기를 반복한다. 그리고 나면 발 다듬이를 한다.

여기서 끝이 아니다. 그제야 솔기까지 잘 마르도록 햇빛에 말린다. 다음날, 아침이 되면 뒤뜰 풀밭 위나 화단의 나뭇가지 위에 널었다가 이슬 맞아 촉촉해진 빨래를 손질해서 자근자근 밟는다. 올이 똑바로 서고 다림질하기 좋은 상태로 되었을 때 다림질을 했다. 자루가 길게 달린 손다리미에 숯불을 담아 다림질을 할 때, 뜨거운 다리미가 가까이 오면 나는 지레 겁을 먹고 빨래를 잡고 있던 손을 놓아 버려 큰일 날 뻔해서 혼난 적이 있다.

아버지가 입으시던 모시 중의적삼은 어머니가 정성으로 바느질하여 만드신 손품이 가득 깃든 옷이다. 구겨짐 없이 모시옷을 손질해 놓으니 올이 살아 있는 듯 또렷한 결이 보인다. 속에 입은 옷까지 환히 비치는 고의와 적삼인데도 격이 있으며 기품이 있어 보인다. 손질한 모시옷을 입으시고 외출하는 아버지의 모습을 떠올리시는 듯 어머니는 흐뭇한 미소를 지으신다. 여름이면 아버지께서 축하연이나 외출하실 때 모시 고의를 즐겨 입고 다니셨다.

푸새하노라면 우리의 삶도 빨래 푸새하는 것과 비슷하다는 생각이 든다. 옷의 재질에 알맞은 풀의 농도를 잘 맞추어 푸새하듯, 정성과 노력으로 각자에게 주어진 인생을 잘 매만지고 다듬으면 풍요로운 삶을 누리게 된다. 하지만 우린 너무 빠르고 쉬운 것만 좋아한다. 정성과 노력을 게을리 하는 사람의 삶은 구겨지거나 굴곡이 생겨 힘들어질 수밖에 없다. 그렇다고 무작정 노력만 한다고 잘

되는 게 아니라 슬기와 노력이 함께 따라야 한다.

내 삶의 푸새는 잘되고 있는지 돌아본다. 부주의하여 엉망이다. 얼마 전에 나는 실수로 허리를 다쳐 긴 시간 병원 신세를 지게 되었고, 그 바람에 주부의 자리를 지키지 못해 남편과 자녀들에게 큰 어려움을 겪게 하였다. 그 일로 인해 가족들에겐 면목이 없게 되었고, 내가 꿈꾸던 가정생활의 행복이 와르르 무너지는 고통을 겪었다. 그날도 푸새하듯 정성을 다해 일상에 임했어야 했는데, 경거망동하여 사고를 냈고 되돌릴 수 없는 결과를 낳고 말았다.

사고는 예고 없이 찾아온다. 그 일로 한층 성숙해질 수 있었다고 애써 마음을 위로해 보지만 여전히 아쉬움은 남는다. 푸새한 옷이야 잘못되었을 때 물에 헹구어 다시 다림질하면 되지만 삶은 그렇지 못하다. 구겨진 빨래를 다려 다시 모양을 내듯 내 인생도 다림질할 수 있다면 얼마나 좋을까. 그럴 수만 있다면 삶의 얼룩진 기억들을 영원히 지울 텐데 말이다.

끓인 풀을 풀주머니에 넣고 조물락 조물락 치댔더니 뽀얗고 걸쭉한 풀물이 만들어졌다. 남편의 모시 중의적삼, 내 세모시 블라우스와 치마 그리고 시어머니 모시 적삼을 꺼냈다. 푸새 할 수 있는 옷들을 모두 풀물에 넣고 잘 치대어서 빨랫줄에 펴 널었다. 솔바람이 손등을 간질이며 지나간다.

바짝 말라 버린 옷들을 빨랫줄에서 거뒀다. 요즘은 어머니처럼 입으로 물을 머금었다가 뿜지 않아도 된다. 또한 손가락에 물을 적셔서 뿌리지 않아도 된다. 분무기로 물을 뿌리게 되어 여간 편리한

게 아니다. 다림대 위에 먼저 남편의 모시 적삼을 펴놓고 다림질을 시작한다. 물기가 알맞은 푸새 덕분에 빳빳하게 씨줄과 날줄이 서 있어 시원함을 더해주며 기품이 넘친다.

정성을 다해 잘 다린 옷을 보는 뿌듯함을 어디다 비교할까. 시원한 모시옷을 멋스럽게 입을 생각을 하니 벌써부터 설렌다. 남편과 모시옷을 입고 나란히 성당에서 미사 드리는 모습을 그려본다. 그 옛날 아버지 옷을 푸새하시며 미소 지으시던 어머니 마음을 이제야 알 것 같다. 푸! 어디선가 어머니의 푸새하는 소리가 들리는 것 같다. 하얀 모시옷을 입고 사랑채에서 글을 읽으시던 정든 아버지 음성도 들리는 것 같다.

소의 눈물

 옛날 집에서 키우던 소는 모두 일소였다. 외양간에 코뚜레를 꿰어 기둥에 묶어 주고 볏짚을 밟게 하고 쇠똥이나 오줌으로 퇴비를 만들었다. 파리나 벌레가 생겨 위생상 좋지 않았으나, 소가 큰 재산이라 소중히 여겨서 가까이 두고 보살폈다. 어느 지방에서는 정월 대보름날이면 오곡 잡곡밥과 반찬으로 상을 차려주는 관습이 있었다고 한다. 가족처럼 여긴다는 뜻이다. 소가 여러 사람 몫의 일을 하니까 소 없이 농사짓기는 참으로 힘들었다.

 소는 농사철이 되면 논밭 갈랴 쉴 없이 일한다. 모내기 하려는 논에서 한발 한발 옮기며 써레질 하는 모습이 힘들어 보이지만 묵묵히 일을 한다. 성질 급한 일꾼은 소가 말을 듣지 않으면 채찍으로 등짝을 때린다. 소가 다른 길로 가면 바로 바로, 이랴 이랴, 워워 등 구수한 입담으로 어르고 달래면서 소를 부렸다. 노동이 중요한 시절엔 일하지 않는 것은 죄가 된다고 생각 했었다. 요즈음 농촌에서는 밭갈이 논갈이를 소 대신 경운기나 트랙터가 한다. 농업기술이 발전하면서 경운기 뿐만 아니라 트랙터까지 사용하게 되었다. 그리고 인터넷으로 농산물을 사고파는 세상이 되어 지식도 넓혀야 하고 기술도 익혀야 농촌에서도 살아가는데 어려움이 없게 되었다.

방학 때가 되면 아버지는 나에게 소 풀 뜯기는 일을 시키셨다. 처음엔 무서웠지만, 우리 소는 순하고 말을 잘 들어서 금방 친해졌다. 왼쪽 옆에는 책 한 권 끼고 오른손으로 소고삐를 잡고 풀 많은 곳을 찾아가는 길이 즐겁다. 소는 옥수수랑 콩잎을 워낙 좋아해서, 콩밭을 그냥 지나가질 못해 입 망을 씌우기도 한다. 산속으로 들어가 풀 많은 곳에서 소가 풀을 뜯으면 살며시 고삐를 놓아주면서 책을 펼친다. 나만의 공간이라 마음이 호젓하며 영혼까지도 자유로움을 느낀다. 푸른 하늘을 바라보며 풀벌레, 산새 소리를 벗 삼아 책을 읽노라면 바람이 책장을 넘겨준다. 뭉게구름에 가슴 속에 피어나는 고운 꿈들을 그리다 지워보고 다시 또 그려 보며, 희망의 꽃을 피우기 위해 걷고 또 걷는다. 골짜기를 넘어온 바람이 침묵을 깨고 지나가자 잎새에 희망을 여는 소리가 들리는 듯하다. 그런데 이게 웬일인가! 소가 보이지 않는 거다. 깜짝 놀라 두리번거렸더니 건너편 골짜기에서 얌전히 풀을 뜯고 있다. 나는 반가워서 소에게 다가가 소의 엉덩이를 어루만지자 소도 반갑다는 듯이 꼬리를 흔든다. 소는 풀과 짚으로 만든 여물을 먹고 산다. 작두로 볏짚을 썰어 소꼴을 만들어 쇠죽을 끓이시던 할머니가 베적삼이 흠뻑 젖도록 땀 흘리시던 모습이 눈에 어린다. 이렇게 만든 쇠죽은 소의 보양식이었다.

어느덧 가을이 되어 황금빛 들녘에는 벼 베기가 한창이다. 아버지는 소등에 질마를 얹고 그 위에 실태를 얹어 볏단을 실어 날라 볏단 쌓기에 여념이 없으시다. 볏가리가 점점 높아진다. 며칠 지나더니 까맣게 올라갔다. 아버지가 직삼각형으로 쌓아 올린 볏가리가 내 눈엔 어느 예술품보다 멋져 보였다. 나는 볏가리에 기어 올라가 미끄럼을 타고 내려오기도 하며 놀았다.

아버지는 내일 모레면 일이 끝날 것 같은데 소가 쇠죽을 잘 먹지 않아 걱정이라고 하셨다. 그러던 어느 날, 소가 짐을 잔뜩 실은 채 무릎을 꿇었다고 한다. 볏단을 다 내리고 소를 아무리 일으켜 세워 보려고 애를 써도 꿈쩍도 하지 않는다. 내가 소식을 듣고 달려왔을 때는 동네 어른들과 장터에 백정이 와서 의논 중이었다. 아버지는 걱정스런 얼굴로 말없이 서 계셨다.

몇 해를 친구처럼 지내던 소의 모습을 보자 눈물이 왈칵 쏟아졌다. 불쌍해서 소 옆으로 다가가 등을 어루만지고 토닥이며 네 잘못이 아니라고 위로해 주었다. 내 마음을 알았다는 듯 큰 눈을 끔벅끔벅거렸다. 소가 병난 것은 무슨 이유였을까. 말 못 하는 소의 마음을 헤아리지 못하고 너무 심하게 부려서 그런 것은 아닐까 하여 내 마음이 찢어지듯 아팠다.

소가 말을 한다면 뭐라 할까. 나는 정말 미안하다는 말 밖에 다른 말을 할 수가 없었다. 되새김질하는 동물은 머리가 좋다고 하지 않던가. 소도 자기의 운명을 직감했는지 그 큰 눈망울을 끔벅거리며 눈물을 흘리는데 가슴이 먹먹했다. 마을 어른들이 회생하기 어렵다는 결론을 내리자 아버진 백정에게 팔기로 하셨다.

얼마 후 소를 싣고 갈 트럭이 왔다. 죽도록 일만 하다가 도살장으로 실려 가는 소를 보는 마음이 애잔하다. 쓸쓸히 멀어져 가는 소를 보며 나는 돌아서서 속울음을 삼켰다. 그렇게 소는 우리 가족들을 위하여 봉사하고 무거운 짐도 마다하지 않고 평생 제 주인에게 헌신하다 말없이 자신의 전부를 우리에게 주고 떠나갔다.

버선

  겨울 방학이 되면 어머니는 딸들을 따뜻한 아랫목에 앉게 하고 는 해진 버선을 한 묶음 내어놓으셨다. 지난 겨우내 신었던 버선 이다. 바빠서 미처 손보지 못한 것을 바느질도 가르칠 겸, 서툰 솜 씨나마 딸들의 손을 빌려 쓰고 싶은 마음이었는지도 모른다. 버선 의 발등은 잘 해지지 않는데 발바닥과 양 볼이 쉽게 해졌다. 해진 버선 바닥을 깁는 것을 버선볼을 받는다고 한다. 해진 버선을 그냥 버리기 아까워 몇 번 정도 버선볼을 받아 기워서 신었다. 해진 곳 에 헝겊을 알맞게 덧대어 어머니가 시침해주시고, 올을 따라 곱게 감침질을 해보라며 시범을 보이셨다.

  버선과 덧댄 천의 올이 일직선이 되도록 가늘고 짧은 세침으로 곱게 감치기란 쉬운 일이 아니었다. 서툰 솜씨로 바늘을 잡아보 니 바늘이 마음과 같이 움직이지 않아 바늘에 찔려 비명을 지르기 도 하고 상처에서 피가 나기도 했다. 조금씩 한 땀 한 땀 감침질하 기란 정성과 인내심이 있어야만 했다. 어머니가 감친 버선볼은 오 려 붙인 듯 아주 곱고 새로운 멋이 있어 보였다. 내가 감친 버선볼 은 울퉁불퉁 거칠고 볼품이 없어 재미도 없고 싫증이 났다. 어머니는 바느질은 빨리하려고 하면 거칠고 예쁘게 되지 않는다며 정성을 들여야 한다고 하셨다. 어머니 말씀대로 정성된 마음으로 바느질을 해보았더니 처음보다 많이 예쁘게 되었다.

　버선은 한복을 입을 때 신는 우리 고유에 양말이다. 무명이나 광목천으로 만드는 방법에 따라 홑버선, 겹버선, 솜버선, 누비버선이 있고 꽃버선, 타래버선도 있다. 옥양목 버선은 희고 발이 고와 고급스럽게 보이고, 무명으로 만든 버선은 좀 투박하게 보이지만 순진무구한 멋이 느껴진다.

　발은 신체의 작은 우주라고 하는데 발을 감싸주는 것이 버선이다. 버선은 한국 여성들의 삶이 깃들어 있고 애환이 서려있다. 옛날 우리 할머니, 어머니들은 버선을 만들고 꿰매며 시름을 잊고 많은 생각을 하면서 여성의 삶에 숨겨진 고난을 이겨 내셨다. 버선이 완성되었을 때 가족을 생각하며 느끼는 희열은 여성만이 느낄 수 있는 기쁨이었다.

　한국의 멋이라 하면 멋스러운 외씨버선이 먼저 생각난다. 날아갈 듯한 외씨버선의 발바닥에 두 번 이어진 반달형 곡선이 가파르게 휘어져 내려오던 발등의 곡선과 마주치는 버선코에 모아진다. 이 곡선이 버선의 멋이다. 이러한 곡선미는 팔각지붕의 용마루 끝에도 있다. 부드럽고 은근하게 미끄러져 내려오는 곡선이 하늘을 향한 처마 끝에 마주치며 고개를 번쩍 든 각선미의 품격이다. 발끝에 닿는 버선코에도 있으며 저고리 섶코의 멋과도 같은 우리의 멋이고 아름다움이다. 도도하면서도 다정하고 부드러우면서도 매끈하고 날렵한 아름다움 그대로다.

　이러한 곡선의 미는 태극기에서도 보인다. 둥근 원안에 음양을 상징하는 청홍교차의 곡선미는 한국의 곡선미를 한곳에 모아 놓은 듯하다. 시작도 끝도 없이 교차하는 순환의 미는 어느 나라에서도 찾아볼 수 없다. 우리 조상들은 송편이나 개피떡 만두를 반달형으로 정성껏 빚어 음식에서도 멋을 부렸다.

　어디 그뿐인가. 나라의 태평성대를 기원하는 태평무에서도 돌아설 듯 날아가며 살짝 접어 올린 남치마 자락 밑으로 살짝 내비치는 외씨버선의 멋이 돋보인다. 금방이라도 치마를 비집고 하늘로 오를 것만 같은 외씨 버선코의 아름다움이 마음을 사로잡는다.

　지금은 일상을 벗어나 옛것과 교감하는 일이 그리 쉬운 일이 아니다. 가정과 직장 사회가 모두 직선의 질주와 변화만을 원한다.

　겨울에 발을 따뜻하게 해주던 버선이 생활양식과 복식 문화의 변화에 따라 수요가 줄어든 것은 어쩔 수 없는 시대적 추세라 할 수 있다. 하지만 한복에 새하얀 버선을 곱게 신어야 맵시가 난다는 사실은 잊지 않았으면 좋겠다. 맵시를 내기 위해 발보다 조금 작게 만들어 멋과 절제미는 있지만 불편해서 평소에는 잘 신지 않는다. 무엇보다 버선을 신고 벗을 때의 불편함 때문일 것이다. 언젠가 할머니의 버선을 벗겨드린 적이 있다. 발을 내민 할머니 버선을 잡은 손에 힘을 주어 잡아당기다 발이 쑥 빠지면서 할머니와 나는 뒤로 벌렁 넘어지는 진풍경에 폭소를 자아내기도 했다. 요즈음은 버선의 디자인도 다양해지고 기능성도 좋아져 멋으로 즐겨 신는 사람들이 늘어나고 있다. 버선은 따뜻하고 적당히 발에 긴장감을 주어 널브러진 마음에도 생기와 활력을 불어 넣는다. 방학 때마다 버선 볼을 받던 일이 힘들고 싫증이 났었지만 돌아보니 인내하고 매사에 정성들이는 습관을 지니게 되었다.

꿈꾸는 소나무

　우리 산천 수목 중에는 단연 소나무가 으뜸이고 가장 많은 나무다. 소나무는 여러 가지 면에서 우리 민족의 품성과 일치하는 점이 많다. 과묵하고 고결하며 기교를 부릴 줄 모르고 항상 고요하며 변하지 않는다. 우리는 수천 년 동안 끊임없이 침략을 받으면서 흙한줌 없는 바위틈에서도 뿌리를 내리고 창성하는 소나무의 기상과 강인한 끈기를 배웠다. 푸르름을 잃지 않고 변함없이 서 있는 그 모습에서 고난의 세월을 헤쳐 나가는 지혜를 얻었다. 그래서 우리 조상들은 소나무를 사랑하였다.

　소나무 그림은 흔히 호랑이와 함께 그렸다. 소나무가 많은 나무 중에 우두머리이기에 백수의 왕인 호랑이와 짝을 지운 것이다. 우리 조상들은 소나무를 배경으로 그림을 많이 그렸는데 달빛 아래 바둑을 두거나 피리를 부는 장면들이 많다. 그 배경에 소나무가 있어야만 탈속의 분위기가 조성되는 것이다. 꿈에 소나무를 보면 벼슬할 징조이고 솔이 무성하면 집안이 번창하며, 송죽의 그림을 그리면 만사가 형통한다고 생각해 소나무의 길조, 번성을 믿었다. 우리나라 지명 가운데 송松 자가 들어가는 곳이 681개나 된다고 하니 길조의 상징에서 연유되었을 것이다.

영월 장릉 주위의 소나무들이 장릉을 향해 굽어있는 모습이 마치 '읍'하는 것처럼 보인다. 단종의 억울한 죽음을 애도하고 충정을 나타낸 것이라 생각해 사람들은 소나무를 신기하게 여겼다고 한다. 청령포의 관음송이 노산군의 애달픈 영혼을 청솔 바람 소리로 위로해 주었으리라 믿는다. 소나무는 새들이 날아와 쌀이나 품에 안겨도 무심할 수 있고 폭풍우가 휘몰아쳐도 끄떡도 하지 않는다. 가지 하나쯤 꺾여도 까딱하지 않는 나무다. 또한 곁에서 꽃 피우는 나무가 있어도 시샘할 줄 모르고 의연히 서 있다. 그리고 지나가는 나그네들을 쉬어 가게 하면서도 아무런 대가도 바라지 않는 덕을 지닌 나무로 불려진다. 소나무처럼 살 수 있다면 얼마나 좋을까. 인간에게 무상으로 베풀어 주는 자연의 넉넉한 지혜를 닮고 싶다.

어린 시절 우리 집에서는 송화가 필 때면 송홧가루를 받아 꿀로 반죽해 다식을 만들어 제사상에 올렸다. 부드럽고 그윽한 솔향이 어우러져 맛 또한 일품이었다. 나에게는 소나무처럼 향긋한 꿈을 키우던 시절이 있었다. 우리 마을에 사방공사용으로 소나무 묘목이 나왔는데 심고도 많이 남았었다. 나는 아버지께 우리 산에 심어 가꾸어 보고 싶다고 했더니 허락하셨다. 그 당시 학교 선생님이 되는 것이 꿈이었기에 소나무를 심은 후 자주 산을 찾으며 꿈을 키워갔다. 봄이면 산자락에 진달래 철쭉이 곱게 피어 아름다운 꽃을 보는 재미가 쏠쏠했다. 산 아래 밭에는 오이도 심고 고추, 고구마도 심었다. 이 후 밭에 가는 심부름은 내가 간다고 했다. 소나무 심은

밭을 한 바퀴 휘돌아 보며 나 자신도 한 그루의 나무가 되어 서로 아껴주며 사랑을 나누는 시간들이 언제나 즐겁고 행복했다. 솔밭을 걸을 때 솔향이 가슴속 깊이 스며든다. 나도 모르게 몸과 마음이 깨끗이 정화되는 느낌이 들면서 기분도 상쾌했다. 내가 심은 소나무가 자라 솔가리가 수북이 쌓여갔다. 폭신폭신한 그 감촉이 마치 카펫 위를 걷는 느낌이었다. 나는 눈으로 보고, 발로 밟는 그 맛이 좋았다. 우리 집에서는 이 솔가리를 긁어다 불쏘시개로 썼다. 솔가리가 땅 위로 드러난 소나무 뿌리를 덮어 주고 추위를 막아주는 이불과 같다는 생각이 들어, 어머니께 솔가리를 긁어 오지 않았으면 좋겠다고 말했었다.

교사의 꿈을 안고 사범학교에 원서를 냈는데 연령 미달이라 원서가 반려 되었다는 말을 듣고 눈앞이 캄캄했다. 원서를 들고 울면서 십 리가 넘는 저수지 물 내려오는 둑을 걸었다. 꿈이 좌절되었다는 생각에 집에 올 때까지도 눈물이 그치지 않았다. 뒷동산 소나무밭으로 가서 소나무를 부둥켜안고 쓰다듬으며 소리내어 엉엉 울었다. 그 후 우여곡절 끝에 먼 길을 돌아서 왔지만, 소나무에 심었던 교사의 꿈을 이루었다.

오랜 세월이 흐른 지금도 그 소나무 숲이 그립다. 지금은 다른 꿈을 이루기 위해 마음 숲에 씨를 뿌리고 가꾼다. 인생의 황혼기라는 묵은 가지에도 새롭게 피어나는 꽃일 수 있었으면 한다. 자신에게 주어진 한정된 시간을 무가치한 일에 낭비하지 않고, 나이가 적거나 많거나 배우고 익혀야겠다. 노력하지 않는 삶은 녹이 슨다. 지금도 바람 소리와 새소리가 숲에서 들려오는 것 같다. 언제쯤 내 귀가 열려 그 은밀한 말을 들을 수 있을까? 맑은 가을 하늘 아래 밭둑에는 은빛 억새가 바람의 리듬에 맞추어 하늘하늘 춤을 추고 있겠지. 오늘도 마음은 솔향 가득한 그 숲으로 달려간다.

피사리가 아무리 힘들다 한들 사람을 키우는 일에 비교하랴.
마음의 잡초를 뽑아내고 심신을 건강하게 키우는 일은
한없이 가슴을 졸이게 하는 일이다.

2부

피사리

피사리

    청아한 매미 소리가 아침을 깨운다. 햇살이 반짝이는 여름 아침은 자못 상쾌하다. 날씨와 달리 누적된 피로로 아침에 일어나기가 너무 힘들다. 간신히 일어나 일찍부터 논에 갈 채비를 하며 서두른다. 쉬고 싶어도 사람의 손길을 기다리는 벼 생각에 몸을 일으키는 남편과 나를 보니, 어느새 우리도 농군이 다 되었는가 싶은 생각이 든다. 농사를 처음 시작할 때, 주변에서는 농사를 아무나 짓느냐며 힘들고도 고된 일이라고 말했다. 하지만 어려운 일은 농기계 도움을 받고 힘들 땐 품을 사면서 정성으로 작물을 가꾸면 되겠지 하는 생각으로 용기를 냈다.

    그러나 생각대로 되지 않았다. 앞에도 뒤에도 우리 손을 기다리는 일이 천지다. 친환경 농사를 하다 보니 제초제나 농약을 전혀 주지 않는다. 풀이 자라지 못하도록 논둑에 부직포를 씌웠다. 어느 날 부직포가 봉긋이 올라와 살짝 들어보니 어린 싹이 고개를 든다. 미안하지만 어쩔 수 없다. 남편은 피와 잡초를 뜯어 먹게 한다며 우렁이를 논에 넣어주었다. 벼농사는 물관리가 생명인데 생각보다

녹녹치 않다. 때를 놓치면 한 해 농사를 그르치게 되니, 몸은 고달 파도 우리의 손길을 기다리는 논밭으로 달려갈 수밖에 없다. 오늘은 벼의 성장을 방해하는 피를 뽑아주는 날, 즉 피사리하는 날이다.

논을 바라보니 벼보다 키가 큰 피 이삭이 보라는 듯 쑥 올라와 있다. 커다란 보자기로 가슴 앞쪽에 바랑을 만들고 논으로 발을 살며시 밀어 넣어 진흙 속에서 조심스레 발을 옮긴다. 우뚝하게 자라 머리를 내민 피를 뽑아 바랑 속에 밀어 넣었다. 벼를 헤치고 보니 아직 어린 연두색 피들이 여기저기 고개를 내밀고 있다. 숨바꼭질하다 찾아내는 스릴이랄까. 몰래 올라오는 싹을 발견하면 마치 도둑을 잡는 기분이다. 그늘에서 햇빛 한번 제대로 보지 못하고 여린 모습으로 숨으려 도리질하는 놈들을 보니 자르려던 손이 멈추어진다. 논이 아닌 개천이나 산에 자랐더라면 너도 좋고 나도 좋을 걸 그랬구나.

올여름은 얼마나 무더운지 한낮에는 일할 엄두도 못 내고 아침이나 늦은 오후에 조금씩 피를 뽑으니 능률이 오르지 않는다. 피를 한 번 뽑아주면 되는 줄 알았는데 줄기 아래 마디마디에서 새로운 싹이 나오고 그 싹이 또 불어난다. 잡초의 치열한 생명력과 번식력에 새삼 놀란다. 벼가 어렸을 때 피를 뿌리째 뽑아야 하지만 어린 피는 벼와 구별하기가 쉽지 않다. 지금은 벼가 팰 때라 피가 크게 올라와 벼와 현저히 구분되어 누구나 알아보기가 쉽다. 이때 피사리를 놓치면 씨가 떨어져 내년에 더 힘들게 된다.

때를 맞춰 뽑고 솎아내며 가꾸는 피사리를 하며 인간의 삶을 생각한다. 피사리가 아무리 힘들다 한들 사람을 키우는 일에 비교하랴. 마음의 잡초를 뽑아내고 심신을 건강하게 키우는 일은 한없이 가슴을 졸이게 하는 일이다. 논에 자라는 피는 눈에 보이기라도 하지만, 마음속 잡초의 뿌리를 찾는 일은 어렵고 어려운 일이다. 어릴 때 뽑아주지 않으면 이 잡초가 자라 범죄를 저지르고 사회를 혼란시키곤 하니 이보다 급하고 중요한 일이 어디 있겠나. 사회에 물의를 일으키는 범죄자들을 보면, 어려서부터 고운 인성과 지성을 키워주지 못한 우리 어른들의 책임과 무관하지는 않다는 생각에 연민이 간다.

한 해 벼농사도 정성을 다해 피사리를 해주고 가꾸어야 하는데 하물며 사람이랴. 누구나 판단력이 약한 어릴 적에는 나쁜 생각이 마음 안에 움틀 수 있다. 이때 주변의 관심과 사랑으로 올바른 교육이 이루어져야 한다. 누군가의 손길이 어린 마음에 자라는 잡초를 뽑아주고 잘 보듬어주어서 열매를 맺어 세상과 어울려 자기 몫을 다한다면 얼마나 보람된 일인가. 뽑아도 뽑아도 피를 없애지 못하듯, 이미 자라버린 마음의 잡초는 뿌리를 끊기 힘들다. 피사리를 하면서 사람 농사짓기가 얼마나 어려운 일인가를 새삼 느낀다.

또한 자기 자리도 모르고 자라다 뽑혀지는 잡초들을 보면, 설 자리와 앉을 자리를 가려야 한다는 어른들 말씀이 생각난다. 내 삶의 자리가 어디인지 깊게 고민하지 않고 발길 닿는 대로 앉으면 머잖아 상처만 남기며 뽑혀지고 마는 경우가 허다하다. 사람들은 허황된 꿈을 꾸며 눈에 보이는 것만 쫓아가기를 좋아한다. 땀 흘려 성실히 일하기보다 일확천금을 노리며 방황하는 이들을 보면 안타깝다. 세상에 땀 흘림 없이 되는 일은 하나도 없다는 걸 속히 깨닫고, 헛된 꿈일랑 벗어버리고 자신에 맞는 자리를 찾아 뿌리내리면 좋겠다.

　버려진 묵정밭을 지날 때면 가슴이 저려온다. 황금물결 파도가 일렁이며 희망을 주던 그 날들은 정녕 꿈이란 말인가. 우리야 퇴직 후 농사를 짓는다지만, 공기 좋고 살기 좋은 아름다운 농촌을 두고 도시로만 가버리는 현실이 안타깝다. 농촌에 삶의 자리로 뿌리내릴 수 있는 젊은이들이 많아지기를 바라며 손을 모은다. 피를 찾아 뽑으며 일을 하는 건 힘들지만 팍팍한 도시에서 느낄 수 없는 넓고 푸른 자연을 소유하는 기쁜 마음도 있다.
　앞서가며 땀 흘리는 녹색 파도에 흔들리는 남편 모습이 애잔하다. 피사리는 내 속의 잡초를 뽑고 사랑을 키우는 노동이다. 벼가 익어간다…. 녹색 보호색으로 옷 입고 나타난 메뚜기가 앙증맞다. 고추잠자리는 벼 이삭 위에 앉아서 따스한 햇볕과 시원한 가을바람에 오수를 즐기는지 가까이 가도 날아가려 하지 않는다. 잠자리의 휴식을 방해할까봐 발걸음을 조심조심하며 다닌다.

아름다운 팔순 잔치

　하늘은 청명한데 스산한 늦가을 바람이 옷깃을 여미게 한다. 싱그럽던 녹음이 아름답게 물든 단풍이 되어 뒹구는 것이 왠지 쓸쓸하게 느껴지는 오후, 전화벨이 울린다. 집안 형님의 큰아들이다. "이번 토요일이 어머니 생신인데 식사라도 같이했으면 좋겠어요." 하면서 꼭 오라고 했다. 보통 생일은 아닌 것 같은데 벌써 80세가 되셨나보다. 세월이 정말 빠르다는 생각이 들었다. 팔십에는 축의금도 받지 않던데, 무엇으로 선물을 할까? 고민하다 하모니카 연주를 해도 괜찮을 것 같다는 생각이 들었다. 노래 곡목을 무엇으로 하면 좋을까? 모르는 노래보다는 아는 노래가 좋을 것 같아 '부초같은 인생'으로 정했다. 고생을 많이 하고 살아오신 것을 알고 있기에 그 노래가 적합하다는 생각이 들었다.

　잔치에 자손들과 형제들이 생일 축하 노래와 어머니 은혜를 부르는 모습이 아름다웠다. 그동안 힘들게 길러주시고 뒷바라지해주신 은혜에 감사한다며 술잔을 올리며 큰절을 올렸다. 지금은 백세 시대라지만 그래도 80세까지 부부가 해로하는 것은 하늘이 내린 큰 축복이다. 우리 모두는 박수를 보냈다. 준비해 간 노래를 하모니카로 연주했다. 노랫가락이 가슴에 와 닿았는지 "그려" 하는 소리가 들렸다. 하모니카 연주를 망설였는데 여러 사람이 공감하는 모습을 보면서 잘했다는 생각이 들었다. 형님이 연신 고맙다며 내 손을 꼭 잡고 흔든다. 분위기가 한층 밝아졌다.

"오늘은 여러분 앞에서 꼭 할 이야기가 있답니다." 하면서 주인공인 형님이 자리에서 일어서더니 떨리는 목소리로 내가 지금까지 살아 있는 것은 여기 있는 남편 덕분이라고 말한다. 늘 고마운 마음을 간직하고 살아오면서도 고맙다는 말을 한마디도 하지 못했다며 남편에게 큰절을 올리는 것이 아닌가…… 아저씨는 당황스러워하며 손으로 뒷머리를 쓰다듬으며 겸연쩍어하신다. 그러더니 부부는 어려울 때 도와가며 용기를 주면서 서로 보듬고 사는 게 아니냐면서 어려운 살림 꾸려오느라 고생 많이 했다며 오히려 미안하다고 했다. 형님은 오랜 기간 병간호를 해준 친정 식구들에게도 정말 감사하다는 인사를 하며 눈시울을 붉혔다.

형님 내외는 작은 가게를 하면서 살았다. 아저씨가 새벽시장에 가서 물건을 사오면 형님은 채소를 다듬고 얼어붙은 생선도 손질해 팔면서 손은 갈퀴손이 되었고 얼어서 항상 부풀어 있었다. 남편에게 고마운 마음을 말로 표현은 못 하고 새벽시장에서 장을 봐오면 가장 크고 좋은 것을 골라서 남편의 밥상에 올렸다고 한다. 이렇게라도 사랑하는 마음을 전하고 싶었단다. 아저씨는 갖은 고생을 하면서도 삼남매를 정성으로 키워 성취시켰으니 고맙다며 형님의 어깨를 감싸 안았다. 보기 드문 부부의 애틋하면서도 지고지순

한 사랑과 인내심은 바라보는 많은 사람의 입가에 미소로 번져 나 갔다.

　이들 부부는 부모님이 정해준 인연을 따라 결혼을 했다. 그런데 결혼하고 얼마 되지 않아 아내가 병이 들었다. 병명도 모른채 일어 나 걷지를 못해서 누워만 지내다가 치료차 친정집으로 갔다. 병원 에 다니며 여러 달 치료를 해도 나아질 기미가 보이지 않자 미안한 마음에 친정 쪽에서는 중매한 이를 통하여 새장가를 가라고 전했 단다. 그런데 신랑이 와서 말하기를 내 아내인데 치료하는 데까지 치료를 해보겠다며 심려하지 말라고 했단다. 얼마 동안 치료를 해 봐도 병의 차도가 없으니까 의사가 말하기를 비장의 카드로 약을 써보고 싶다며 혹시 부작용으로 아기를 갖지 못 할 수도 있다고 했 단다. 신랑한테 어찌하면 좋겠냐고 물었을 때 선택의 갈림길에서 고뇌하는 모습이 눈에 보이더란다. 침묵의 시간이 흐른 뒤 당연히 사람을 살리고 보아야지 지금 후손을 생각할 때가 아니라며 쾌히 승낙을 해서 친정 식구들을 감동시켰다. 그 후 오랜 투병 끝에 하 늘이 도왔는지 일어나 걷게 되어 건강을 찾았다. 몇 해가 지난 후 첫아들을 얻게 되었다. 딸 둘을 더 낳아 삼 남매를 지극 정성으로 키워 오늘에 이르렀으니 마음이 착한 이에게 하늘이 내려주신 큰 선물이었다.

　요즘 젊은 부부들은 육아와 가사노동의 어려움 또는 성격차이 때문에 이혼을 많이 한다. 이들 부부의 삶이 귀감이 되었으면 한다.

행복은 구중궁궐에만 있는 것이 아니고 권력이나 부귀에 있는 것도 아니다. 항상 긍정적인 생각으로 생활하며 희생을 통해 얻어지는 값진 것이다. 내 삶에 무엇을 지키고 무엇을 버릴 것인지 생각에 잠겨본다. 사람이 죽을 때 정 하나만은 가져간다고 하는데 우리가 곁을 떠났어도 그리워하고 보고 싶어지는 것이 정이 아니던가. 건강하고 작은 것에 감사하며 이웃에게 작은 정이라도 베풀 수 있는 삶이었으면 한다.

동부를 따면서

아! 무언 소통의 경지, 그것이 농부의 길이고 부모의 길인가? 연보라색의 동부 꽃이 예쁘게 피었다고 생각했는데 벌써 파란 꼬투리가 달리기 시작했다. 보통 콩은 한 꼬투리에 콩알이 두세 개 들어 있지만, 동부는 기다란 꼬투리에 여러 개가 들어 있는 것도 큰 매력이다. 덩굴줄기로 자라면서 꼬투리를 만들고 다시 줄기를 뻗어가면서 주렁주렁 동부가 달리는 모습이 사랑스럽다.

나는 동부를 넣고 지은 밥도 좋아하지만, 동부를 넣고 찐 밀개떡을 아주 좋아한다. 밀가루에 소금을 조금 넣고 금방 따 온 동부를 듬뿍 넣어 되지도 묽지도 않게 적당히 반죽한다. 커다란 무쇠솥에 소나무 가지를 얼기설기 얹고 베 보자기 위에 반죽을 얇게 펴 쪄낸 밀개떡은 정말 맛있다. 동부 알이 톡톡 터지며 달짝지근하고 폭신한 맛이 일품이다. 밀가루의 쫀득함과 솔 향이 어우러진 밀개떡은 생각만 해도 먹고 싶다.

내가 처음 시골 학교로 발령받아 갔을 때의 일이다. 밖에 누가 찾아왔다고 했다. 밖을 보는 순간 깜짝 놀랐다. 어머니가 계셨다. 손에 든 보자기를 건네주시며 "네가 좋아하는 동부 개떡이다. 밀개떡을 만들면서 네 생각이 나서…" 그냥 있을 수가 없으셨단다 응석부리듯 "엄마는……." 하였지만, 어머니의 진한 사랑이 느껴져 코끝이 찡해지며 눈물이 났다. 교무실에서 나누어 먹으면서 "제가 워낙 이런 촌스러운 것을 좋아해서요." 했던 추억이 떠오른다.

몇 해 전 시골집 마당 옆으로 흐르는 도랑둑에다 동부를 심었다. 흐르는 물 위로 나뭇가지를 얼기설기 걸쳐 놓고 그 위로 줄기가 뻗어 가면 시원해서 잘 자라고 열매도 많이 맺을 것 같았다. 파란 싹이 돋아나서 나뭇가지 위로 기어가기 시작했다. 햇빛을 받아 윤기가 흐르며 바람에 나풀거리는 싱그러운 모습이 어린아이들처럼 사랑스러웠다. 어느새 연보랏빛 동부 꽃이 피었다. 친근감이 있어 고향 생각이 난다. 꽃이 지고 길쭉한 꼬투리가 달렸다. 그런데 생각만큼 줄기가 뻗어가지를 않고 움츠러드는 것 같았다. 거름이 부족한 걸까, 진딧물이나 벌레가 생겼나, 물이 싫은 건 아닌가, 살펴보았으나 원인을 모른 채 작황이 시원찮았다.

그다음 해 둑에다 해바라기와 옥수수를 번갈아 심고 그 아래 동부를 심었다. 덩굴식물이니 잘 타고 오르겠지. 주렁주렁 달릴 동부 꼬투리를 상상만 해도 흐뭇했다. 새싹이 나서 덩굴이 서너 뼘 정도 자랐을 때, 옥수수 아래 덩굴은 잘 감고 올라가는데 해바라기 아래의 덩굴은 감고 오르지 못하고 땅으로만 기고 있었다. 올라가는 것을 잊었나 싶어 해바라기 대에 덩굴을 감아주고 옥수수보다 키도 크니까 더 많이 올라가라고 했다. 그런데 며칠 후 가보니 웬일인지 올라가지를 않고 다시 땅으로 내려와 있었다.

이번에는 덩굴을 해바라기 대에 감아 주고는 끈으로 묶어주고 왔다. '해를 따라 많이 올라갔겠지' 하고 다시 갔을 때는 덩굴이 끈에 묶여 내려 올 수는 없고 줄기가 아래를 향하여 늘어져 있었다. 그때서야 "따가워서 난 싫어요." 하는 소리가 들리는 듯했다. 해바라기의 몸통이 깔끄러웠던 것을 미처 생각하지 못했던 것이다. 작년에 동부 덩굴을 봇도랑 흐르는 물 위에다 나뭇가지를 걸쳐 놓았을 때도 습도와 온도가 맞지 않아서 잘 자라지 못했던 것을 이제야 알게 되었다.

말하지 못하는 식물이라 좋고 싫은 것을 행동으로 표현했건만 동부의 몸짓과 언어를 알아듣지 못했다. 내 생각만 하고 괴롭혔으니 얼마나 힘들었을까. 나는 저를 위하여 정성을 다하였지만, 그것은 나의 노력일 뿐 동부의 마음을 전혀 몰라준 것이다. 말 못하는 식물이라고 내 생각대로 고집했던 일이 정말로 미안했다. 내 눈과 마음으로 보지 말고 동부의 눈과 마음으로 보려 했더라면 이런 실수는 하지 않았을 것이다.

우리는 살아있는 생명체와 소통하며 살아야 한다. 사람과의 소통은 언어로 말하고 눈으로 관찰하며 행동으로 표현한다. 식물이나 곤충과는 경험이나 지식을 통해서 상대를 자세히 관찰하므로 무언으로 교감하고 소통을 한다. 우리가 식물을 키울 때 나타나는 것이 벌레다. 벌레의 입장에서는 생존을 위해 꼭 식물을 먹어야만 하는 필연적인 관계에 있다. 해충과 익충은 사람의 경제적 개념에서 만들어진 것이고 자연 속에서 구별이 있는 것은 아니다. 옥수수에 발생한 진딧물 때문에 자연적으로 생기는 천적은 무당벌레, 풀 잠자리 등이 있다. 이 천적들은 옥수수에서 증식되어 동부 밭으로 이동하여 진딧물이나 해충을 먹이로 살아간다. 그래서 천적 유지 식물로 옥수수를 심는다. 이처럼 식물과 해충과의 관계도 무언으로 소통하며 우리 생활에 유익하게 이용할 수가 있다.

군이 깔끄러운 해바라기에 동부의 줄기를 끈으로 묶어주며 높이 뻗어가길 바라던 어리석은 욕심을 생각해 본다. 소통이 필요한 곳이 어디 농사뿐인가? 동부의 마음이 되었을 때 비로소 동부를 키우는 길이 보인다. 자신의 처지와 욕심을 버려야 관계를 회복할 수 있는 소통의 길이 보인다. 나비가 앉아 있는 모습의 동부 꽃, 이렇게 동부 꽃이 예쁜지 몰랐다. 청초하고 가녀린 여름에 잘 어울리는 꽃인 것 같다. 지나치기 쉬운 꽃이지만 단아한 모습에 마음이 끌린다. 노랗고 싱싱한 동부 꼬투리를 벗기면 하얀색의 풋콩이 나온다. 이것이 밥에 들어가면 회색으로 변했다가 다시 고동색으로 변해 입맛을 돋운다. 동부가 척박한 땅에서도 건강하고 씩씩하게 살아가는 것은 뿌리가 땅속 깊이 들어가 있기 때문이다. 동부의 끈질긴 삶을 닮아 보고 싶다.

욕심을 덜어낸 타인과의 배려가 사랑의 길이요, 작물과의 교감이 농심인 것을 이제야 깨닫는다. 나이 들면 오감五感이 열리는지, 말 없이 소통하는 사랑의 길이 행복의 길임을 터득한다. 길가의 작은 동부 꽃과의 교감이 곧 사람과의 소통이 아니겠는가! 태양과 소통하는 푸른 농원을 바라보며 삶의 계단을 오르고 있다.

못난이 사랑

  폭염이 계속되는 오후, 밭에 있는 채소들이 어찌 됐는지 궁금했다. 가뭄이 계속되어 보기조차 안쓰러울 것 같아 며칠 만에 들렸다. 채소는 잎의 끝이 타들어 갔고, 오이들은 목이 말라 등이 꼬부라졌다. 가지 역시 쇠고 크지도 못하고 힘없이 매달려 있다. 주섬주섬 따노라니 지난해 미끈하게 많이 달려서 나누어 먹었던 생각이 난다. 토마토는 억지로 달려 있는데 갈라져서 먹지 못할 것이 많았다. 그러나 마나 담아서 들어보니 묵직하다.

  집에 가져와 신문지를 펴고 널었다. 모두 수준 미달이다. 그래도 이 가뭄 속에서 힘들게 생명의 끈을 잡고 견디어 준 것만으로도 고맙다. 소중하게 생각되어 타들어간 잎은 가위로 오리고 정성껏 다듬어 봉지에 담는다. 기르는 재미로 심고 가꾸었지만, 하나같이 맘에 들지 않는다. 올해는 가뭄이 심해서 더욱더 그러하다. 적기에 정성을 다해 심고 김매어 가꾸어도 시장의 미끈하고 싱싱한 것과는 비교가 안 된다. 자식들이나 이웃에게 나누어 주기도 민망하다.

  돌아보면 요즈음 세상에는 못난이가 별로 없다. 보기 좋은 떡이 먹기도 좋다는 말이 있듯 사람이나 물건이나 미끈하고 세련되어야

보기에도 좋다. 요즘은 가물어도 살수시설이 잘 갖춰져 물을 제 때 주고 농약과 비료가 더해져 시장의 채소들이 하나같이 미끈하다. 그러니 나의 솜씨로 올 같은 가뭄에 어찌 큰 기대를 하겠느냐마는 작년 수확을 생각하면 속이 상한다.

　'오이야 가지야! 미끈하고 잘생겨 사람들에게 인기가 많은 작물도 많건만, 꼬부라진 네 모양이 내 모습을 닮았구나. 너희들이나 내나 세상에 내놓기가 민망하구나.' 애써 가꾼 작물에 실망하다 보니 생각이 나와 연결되어 번져가며 서글퍼지기까지 했다. 내 인생도 이 채소들 같다는 생각이 든다. 나는 어느 친구같이 수완이 좋아 부업으로 성공하여 가정경제에 도움을 준적도 없다. 그렇다고 봉사활동을 열심히 해서 사회에 공헌한 바가 있는 것도 아니다. 나름대로 열심히 살아왔다지만 그저 집안 살림에만 매달렸지, 남들에게 이렇다 하게 내놓을 것이 없다. 오랜 가뭄처럼 시원하지 않은 세월이라는 환경 속을 지나며 등만 굽어졌다.
　가끔 혼자 있을 때 어떤 마음으로 무엇을 생각하며 살았는지를 곰곰이 생각할 때가 있다. 내 인생을 돌이켜 보면 지금껏 이룬 것이 아무것도 없다는 생각에 허무함을 느낀다. 그럴 때마다 "내 인생이 참 허무하네요." 하고 남편에게 푸념처럼 말한다. "그런 소리 말아요. 치매 시어머님 오랫동안 모시면서 고생 많이 했소. 아들, 딸 잘 키워 공무원으로 나라에 이바지하고 있으니, 그만하면 잘 산거요. 당신이 있어 우리 가족이 행복한 거 아니오?" 하고 남편은 말해준다. 그 말 한마디에 '못난이를 알아주는 이가 있었네?' 하며 빙

굿이 웃곤 한다.

 그러고 보니 내가 가꾼 못난 열매들을 알아주는 이가 전혀 없는 건 아니었다. 우리 아이들과 사돈댁에 드리면 반색을 한다. 예쁘지 않은 것이라도 농약을 치지 않고 유기농으로 기른 것이라며 고마워한다. 나의 본심을 알기 때문에 그저 곁에 있어 주는 것만으로도 고마워하는 남편처럼, 너무 맛있고 감사하다면서 인사를 하지 않나.

 그래 생각을 바꾸는 거다. 볼품없지만 자연이 주는 맛을 가진 저 열매들처럼, 볼품없어 보이는 내 모습도 지나온 시간의 소중한 흔적들을 가지고 있지 않은가? 그것을 알아주고 아껴주는 소중한 사람들도 곁에 있으니 얼마나 감사한 일인지……. 힘을 내어 다시 일어나 밭으로 나갔다. 기다리는 비는 아직 이건만 버티어준 채소들이 고맙다. 상추와 쌈 채 잎을 젖히고 아욱의 순을 자르려다 손을 멈춘다. 아, 예쁘다. 그 힘든 가운데서도 아욱들이 보랏빛 작은 꽃을 피웠다. 가슴이 짠하다. 저쪽 골에 달려있는 못난이들을 바라본다. 볼품은 없지만 사랑스러워 애잔한 미소를 보낸다.

칼국수

아침부터 하늘이 낮아지더니 비가 올 것 같다. 얼마 전 고구마 싹에 물을 주고 싶었는데도 비가 한참 오지 않아서인지 여러 포기가 죽었다. 고구마 싹은 여간해서 죽지를 않는데, 가뭄이 계속되더니 살아남은 것도 간신히 목숨을 부지하고 있다. 목말라 힘들어하는 모습이 애처로웠는데 비가 온다는 소식이 있어 너무 반갑다.

며칠 전에는 산행을 갔던 남편이 웬일로 썰어서 파는 칼국수를 사가지고 들어 왔다. 늦은 시간에 시내버스 정거장 앞에서 칼국수를 파는 할머니와 눈이 마주쳤다는데 그냥 오기가 민망해 주머니로 손이 가더란다. 그날은 남편이 생전 처음으로 사 온 칼국수를 끓여서 맛있게 먹었다. 젊어서는 국수를 안 좋아하더니 나이가 들어서인지 입맛이 없을 때 국수가 괜찮은가보다. 날씨가 음산해서일까, 다음에 또 칼국수를 사 오겠다고 말하는 걸 보니 칼국수가 자시고 싶은가보다. 오늘은 내 손으로 국수를 만들어 주고 싶어졌다. 밀가루에 콩가루를 조금 넣고 잘 섞은 후 옅은 소금물로 반죽해 비닐봉지에 넣었다. 육수는 멸치와 황태 채를 넣어 끓이다가 다시마를 넣었다.

국수 반죽을 치대노라니 옛날 친정집 대청마루에서 어머니가 국수 반죽을 치대던 모습이 떠오른다. 식구가 많다 보니 반죽이 두덩이나 되었다. 반죽은 손마디가 굵은 어머니 손에서 잘도 노닌다. 오래 치대야 차지고 면발이 쫄깃하고 부드럽다고 어머닌 말씀하셨다. 커다란 베 보자기 위에 마분지를 깔고 그 위에 길다란 홍두깨에 반죽을 감아 쓱쓱 밀었다가 펼치면 반죽은 신바람 난 듯 춤을 추며 늘어난다. 홍두깨에 밀려 늘어난 크고 둥근 반죽을 펼쳐놓고 보면 영락없는 달덩이다. 고운 밀가루를 솔솔 뿌려 환하게 웃는 달덩이에 분칠을 하고 다시 돌돌 말아 밀어 널브러지게 펼쳤다. 다시 말기를 여러 번 반복하신다. 국수 반죽은 그렇게 춤을 추면서 두레 밥상만큼 넓어졌다. 어머니 얼굴에서는 굵은 땀방울이 뚝뚝 떨어졌다. 어머니는 두레 밥상만한 반죽에 분칠을 하고 한번 접고 다시 분칠해서 두 번 세 번 접어놓으신다. 마분지 위에서 얄팍하게 펼쳐 있던 반죽이 두툼하게 접혀서 이번엔 도마로 옮겨져 가지런히 자리를 잡고 어머니를 기다린다. 드디어 어머니가 뭉툭한 무쇠 칼로 쓱쓱 썰자, 실타래처럼 생긴 국수가 도마에 쌓인다. 한옆에서는 눈물 흘리는 시커먼 무쇠솥이 하얀 김을 내 뿜으며 어머니 손에 이끌려 올 국수 가닥들을 기다리고 있다.

엄마 손에 들린 칼이 언제쯤 멈춰지려나 하고 우리들은 도마 끝머리에 옹기종기 모여 기다렸다. 행여 국수 꽁댕이 한쪽이라도 얻어 볼까 얼굴을 들이민 채 에위싸고 있다. 아궁이 앞에서 빨갛게 타다 남은 재를 끌어내어 국수 꽁댕이를 굽는다. 간식거리가 귀하던 시절에 재를 툭툭 털어가며 먹던 국수 꽁댕이가 말할 수 없이 맛있었고 기쁨이었다. 간에 기별도 안 갔는지 배에서 꼬르륵 소리가 들린다. 밖에서 아버지 오시는 기척이 들리면 그제야 어머니는 솥뚜껑을 여시고 국수 가닥을 훌훌 털어서 넣는다. 뒷담에서 갓 따와 채 썬 호박이 그 뒤를 따르고 간장은 자기가 간을 맞추어야 한다며 서둘러 들어간다. 식구가 많았던 우리 집은 쌀을 아껴 먹으려고 가끔 저녁엔 국수로 끼니를 채웠다. 아버지께는 찬물에 헹구어 시원한 국수를 만들어 드리고, 다른 식구들은 늘려 먹으려고 누룽국으로 한 대접씩 국자로 퍼 준다. 국수를 싫어하던 나에겐 아버지처럼 특별히 시원한 국수를 주셨다. 다른 형제들이 불평은 하지 않았지만 미안했던 생각이 난다. 가마솥으로 가득했던 국수가 어느새 우리들 입에서 게 눈 감추듯 사라진다.

그리움과 추억으로 흔적만 남아 있을 뿐인데 내 무딘 손끝에서 엄마의 손맛을 낼 수 있을지 모르겠다. 추억을 더듬다 보니 어느새 내가 만든 국수 반죽이 둥글고 예쁘게 밀어져 있다. 국수를 썰 때가 된 것 같다. 기계로 매끈하게 뽑은 국수 가락보다 칼질이 서툴러 투박하고 들쑥날쑥 썬 국수 가닥이 오히려 정답다. 그때 딸이 집 근처인데 잠깐 들리겠다는 전화가 왔다. 끓여 놓은 육수에 국수를 넣고 한소끔 끓인 후 호박을 채 썰어 넣었다. 국수를 그릇에 담고 고명으로 김 가루를 얹었다. 정성을 들여 만들었는데 맛있으면 좋겠다. 딸이 들어오며 손이 아프다면서 국수를 힘들게 집에서 만드셨느냐며 편하게 사시라고 한다. 어미를 생각하는 마음이 예쁘다. 남편도 웃으면서 내가 국수 먹고 싶은지 어떻게 알았느냐며 "잘 먹겠습니다." 하며 웃는다. 두런두런 정담을 나누며 맛있게 먹어 주는 가족이 있어 흐뭇하고 행복하다. 이 또한 가족을 위해 음식을 만드는 주부의 즐거움이다.

길

봄이 오고 있다. 나무에 새잎이 나기 시작하고 숲은 조금씩 푸르러간다. 숲으로 가면 봄이 오는 소리가 잘 들릴까 하여 봄을 따라 숲으로 들어가 보았다. 숲을 찾아가 산책을 하고 싶어서이다. 숲길은 자동차가 다니는 길이나 사람이 다니는 길과는 다르게 생겼다. 숲에는 보통 오솔길 한두 가지 정도가 있다고 생각했는데, 눈에 보이지 않는 길들이 아주 많이 있었다. 높은 나뭇가지들과 나무 사이에 다람쥐가 다니는 외길이 있고 우리 눈에 보이지 않는 길이 또 있었다. 꿀벌이 다니는 길은 공중에 있는데 아무리 열심히 보아도 눈으로는 볼 수가 없다. 그것은 꽃으로부터 나온 향기가 바람 따라 흘러가면서 만들어진 길이기 때문이다. 숲속의 길을 찾았어도 우리가 그 길을 걸어 다닐 수는 없었다.

자동차가 다니는 도로는 사람이나 동물에게 위험해 다칠 수 있다. 자동차를 위한 길이니까. 동물들이 다니는 길도 무작정 들어가서는 안 된다. 가지 못한 길은 더 아름다워 보이는 것이 아닌가. 사람들은 세상 속에 만들어진 많은 길을 마음대로 걷고 싶어 하지만 뜻대로 되지 않는 것이 삶의 길인 것 같다. 바다나 하늘에도 길이 있고 짐승들도 그들만이 다니는 길이 있는데 하물며 우리 사람들이 다니는 길이야 얼마나 많을까? 길은 사람과 사람을 연결해 주고 마을과 도시를 이어준다. 생존과 생활에 필요한 물류가 흐르고 문화와 문명의 역사를 이어주는 교통의 수단이다.

편안하고 넓은 길은 이성과 지혜를 모아 부단한 노력으로 만들어진 길로 성공한 사람들이 선택한 길이고, 좁다란 오솔길은 삶의 현장에서 지친 사람들이 좋아하며 즐기는 길이다. 오솔길을 걸으며 하늘에 여유롭게 떠 있는 조각구름도 보고 길가에 피어있는 들꽃의 은근한 미소도 만난다. 자연이 주는 신비가 지친 마음에 용기를 불어넣어 준다. 오솔길을 걷다 보면 점점 편안하고 넓은 길로 이어진다. 우리의 인생길도 그와 비슷하다는 생각을 해본다.

길은 만나는 즐거움, 기다리는 즐거움, 헤어지는 아쉬움의 애환을 보듬고 삶과 죽음을 말없이 지켜보고 있다. 우리는 길에서 한평생을 지내다 길을 떠난다. 수많은 시행착오와 후회 반성이 반복되는 삶의 길에 성공과 실패를 보게 된다. 매일 같은 길을 걷고 같은 골목을 가도 다르다. 어느 날은 햇빛이 가득 차 눈이 부시고, 어느 날엔 비가 오고 바람이 분다. 잎을 틔우고 무성했던 전 나뭇잎이 바람이 불고 비를 맞으며 낙엽이 되고 빈 가지가 된다. 슬프고 힘든 날 뒤에는 갠 하늘처럼 웃는 날이 있었고 행복하다고 느끼는 순간에도 비켜갈 수 없는 아픔도 있었다. 내 건강이 덫에 걸려 인생의 비단길을 가렸고 배움의 길로 내달리고 싶었던 나를 오솔길의 의자에 주저앉혔다. 꿈길을 위해 나를 챙겨주고 나침판이 되어주는 사람이 있다면 얼마나 좋을까? 자식이 생사를 헤매는 안타까운 일도 있었고 치매 가족을 돌보며 힘들었지만, 많은 생각을 하며 삶을 진지하게 돌아보는 시간이 되었다. 때로는 주저앉고 싶을 때도 있었지만 일어서야만 했었다.

　길은 바람 따라 외로움을 타는가 보다. 옆의 산을 끼고 아래에 강을 따라 도란도란 속살거리다 정이 들면 물을 따라 도망을 친다. 경사진 곳에서는 소리를 지르며 내달리다가도 평지에서는 느긋이 숨을 고르는 여유를 가진다. 바위를 만나면 피해가고 마을을 만나면 돌아가는 지혜를 물에서 배운다. 안개와 먹장구름이 바람을 불러와 길을 짓뭉개고 집어삼키거나 토막 내어 숨통을 끊어 놓기도 한다. 좋을 때는 좋아도 한번 틀어지면 아니 만남만 못한 인연이 어디 길과 물 뿐인가. 길에는 가고자 하는 목적지를 알려주는 이정표가 있다. 그러나 인생길은 궁극적인 목적지가 어디인지 아무도 아는 바가 없을 것이다. 그래서 인생길을 나그넷길이라 하는가 보다.

　지혜로운 사람은 모든 사람이 가는 길을 언젠가는 나도 간다고 생각하는 사람들이다. 며칠 전 친정어머니의 죽음을 보면서 어떻게 죽을 것인가를 생각했다. 기독교 신자인 어머니는 천상낙원으로 가시는 것을 믿고 아주 고운 모습으로 편히 가셨다. 화장장 정문서부터 영구차가 늘어서 있다. 전기 화로 속으로 들어가면 소각 중이라는 불이 켜지고 1시간 40분 후 냉각 완료에 불이 들어왔다. 뼛가루가 컨베이어 벨트에 실려 나오면 1인분의 뼛가루가 한 되 반 정도였다. 직원이 유족이 미리 준비한 유골함을 건넨다. '죽음은 날이 저물고 바람이 부는 것과 같은 자연 현상으로 보인다'라고 한 말이 생각난다. 한없이 고운 가루다. 우리가 어찌 죽음과 싸우겠는가.

덧없는 세상을 살아가는 우리는 언젠가 자기 죽음 앞에 설 때 자신이 살아온 발자취를 돌아봐야 한다. 나는 세상에서 사랑을 받기만 하고 베풀지 못했던 인색했던 가난한 마음을 훌훌 털어내고 가벼운 마음으로 떠날 수 있기를 소망한다. 달빛이 먼 길을 꽃향기 헤치고 찾아와 시냇물 소리에 가슴을 적실 때 사랑이 무언지 나는 느꼈다. 내 마음이 속세를 떠난 그윽한 세상에 와 있는 것 같다. 풋사과처럼 설익은 내 영혼이 죽음으로 완숙되는 순간까지 달려가련다.

아름다운 임종

어느덧 인생 여정의 후반에 접어들었음을 새삼 느낀다. 인생을 사계절로 나누면 70세 노인은 단풍이 가장 아름다운 만추에 해당되고, 80세 노인은 초겨울에 접어든 셈이란다. 요즈음 100세 시대니, 인생은 칠십부터라 하지만 어딘지 모르게 예전 같지 않은 신호가 몸의 여기저기서 들린다. 하늘을 바라본다. 내 삶의 뒤안길에서 바람에 실려 어디론지 바쁘게 흘러가는 저 구름이 우리 인생과도 같다는 생각이 든다.

오늘은 성모꽃마을에서 면역력 강화 교육이 있어 남편과 함께 가는 날이다. 성모 꽃마을에 들어가 죽음을 준비하면서 슬픈 미소를 짓던 남편 제자의 모습이 떠오른다. 그가 꽃마을에 있다는 소식을 듣고 찾아갔을 때, 삶의 끝자락에서 투병하느라 지친 모습이었다. 말없이 손을 잡고 등을 두드리는 스승과 제자는 할 말을 잊은 채 눈만 껌벅였다. 두 아들과 아내가 많이 걱정된다며 허공을 바라보는 눈빛에 눈물이 그렁그렁하다. 애써 슬픔을 감추려는 모습이 역력했다. 얼마 후 세례를 받았다는 소식을 듣고 기도라도 해주고 싶어 다시 들렀을 때는 미소를 지으며 우리를 맞았다. 남편이 준비한 기도문을 읽으며 사제의 정을 나눌 때, 우리는 눈시울이 촉촉이 젖어 들었다. 어느 정도 마음의 준비가 되었는지 담담한 표정으로 안정을 찾은 듯 보였다. 종교는 사람의 마음을 다스리는 법을 가르치나 보다.

성모 꽃마을은 나이, 종교와는 관계없이 임종이 3개월 내로 예견되는 암 환자를 위한 무료 시설이다. 육체적, 정신적, 경제적 어려움을 함께 나눔으로써 영원한 삶을 편안하게 준비하도록 도와준다. 준비 없는 죽음은 고삐에 묶여 도살장으로 가는 소를 생각하게 한다. 모든 사람이 바라는 죽음은 마지막까지 일상생활을 하다가 사랑하는 가족들에게 둘러싸여 작별 인사를 들으며 편안하게 임종을 맞는 것이다. 이것이 가장 인간답고 품위 있는 행복한 죽음이요, 준비된 죽음이라 할 수 있다. 옛말에 '죽는 복도 타고나야 한다'는 말은 임종이 그만큼 힘들다는 말이기도 하다.

암이란 질병은 단순히 육체적인 치료만으로 고칠 수 없고 반드시 정신적 심리적인 부분까지 치유되어야 한다. 긍정적인 마음과 감사하는 마음으로 우리의 체온을 1℃만 올려도 암을 예방할 수 있다고 한다. 암 환자들 대개는 부부, 가족, 친척 등 가까운 사람들과의 오해와 갈등에서 빚어진 스트레스를 받으며 살아온 사람들이 많았다. 암 환자들은 하룻밤 자고나서 옆 사람이 보이지 않으면 천국에 갔다고 생각한다. 임종이 가까워지고 있음을 느낄 때 그들은 무슨 생각을 할까….

지금은 어두움과 절망으로 힘들지만 더 새로운 세상이 기다리고 있다고 말해주며 소망을 주고 싶다. 아들놈 첫 휴가 나올 때까지 만이라도 살고 싶다는 아버지가 있는가 하면, 딸 결혼식 날짜 받아놓은 그때까지 만이라도 살고 싶다고 말하는 어머니도 있다. 그들이 그렇게 살고 싶어 하던 내일이 내가 사는 오늘이라니…. 오늘이 더욱 소중하게 느껴지며 잘 살아야 한다는 생각이 든다. 누구나 죽음을 앞두면 진실로 살고픈 욕구만이 남게 된다고 한다. 우리가 병마와의 싸움에서 살아남아야 하는 이유는 나를 사랑하는 가족과 내가 건강하기를 바라는 이웃이 있기 때문이다. '개똥밭에 굴러도 저승보다 이승이 낫다'고 하지 않던가. 운명이란 언제 우리들의 삶 속에 불청객으로 숨어들지 모른다. 아직 우리 주위엔 마음이 따뜻한 이웃이 있어서 살만하지 않은가. 마음을 비우면 세상은 아름답고 향기롭게 보인다.

 강의가 끝난 후에 환자와 봉사자, 후원자가 같이 미사를 보게 되었다. 임종을 앞둔 환자들이라고 믿어지지 않을 정도로 온화하고 평화로워 보였다. 체념에서 온 것이 아니고 정신적인 승화에서 온 느낌을 받았다. 꽃마을에서 임종 준비를 하면서 화해하고 용서하며 마음의 짐을 모두 내려놓은 듯 싶었다. 용서란 정말로 아름답다. 사랑하는 마음에서만 할 수 있으니까.
 어느 임종 환자의 임종 시간이 길어져 가족에게 물어보니 올 사람은 이제 다 왔고 멀리서 한 사람이 오고 있는데 근처에서 헤매고 있다 한다. 환자에게 길을 몰라 헤매고 있다고 알려주자, 뭐라고 말을 하는데 알아들을 수가 없었다. 답답한지 종이와 펜을 달라는 시늉을 해서 갖다 주니 '하늘 아래 첫 동네' 라고 3번이나 썼다고 한다. 아마도 이곳이 천국에서 제일 가까운 동네라고 느낀 모양이다. 이런 말은 천국에 갈 준비가 다 된 사람만이 느끼는 감정 표현이라고 한다. 아름다운 임종이다.

　요즈음 내게 남은 시간은 얼마나 될까? 하는 생각을 해본다. 삶의 한계를 보는 것 같아 마음이 무거워진다. 지나온 세월 무엇을 하며 살아왔나. 남은 세월이 짧게만 느껴진다. 모든 것을 말기 암 환자의 마음으로 대한다면 누구에게나 무엇이든지 최선을 다하며 살 수 있을 것 같다. 앞으로 작은 것에 감사하고 더 많이 사랑하며 살겠다는 마음을 가져본다.

가족은 기쁨과 슬픔, 고통까지도 함께 나누며
울타리가 되어준다.
삶에 용기를 주는 옹달샘과 같다는 생각에
가족의 소중함이 새삼스럽게 느껴졌다.

3
부

가
족
사
랑

추억이 있는 집

　동네 사람들이 우리 집을 마당이 넓은 집이라고 한다. 넓은 터에 단층으로 슬래브 집을 짓고 나니, 마당이 넓어 휑하다. 남은 땅에 작은 정원을 만들기로 했다. 항상 정원이 있는 집을 마음속에 그리며 살았던 나는 마음이 설레었다. 잔디를 심고 정원석을 빙 둘러 쌓아 화단을 만들었다. 모과나무를 비롯한 여러 종류의 나무와 장미, 진달래, 철쭉, 목단, 라일락 등 꽃나무를 심었다. 정원석과 철쭉 그리고 연산홍의 만남으로 제법 화단이 멋지게 꾸며졌다. 잔디밭 구석에 작은 연못도 만들어 금붕어가 노닐고 분수가 시원하게 물을 뿜어 낸다. 연못가 잔디밭에 사과나무와 대추나무도 심었다. 안방 창문 앞에는 잎이 넓고 시원해 보이는 바나나 나무를 심어 열대의 정취를 느껴 보기로 했다.

　삼 년이 지나니 봄부터 가을까지 꽃이 피고 나뭇잎이 무성해져 우리 마음을 즐겁고 풍요롭게 해주었다. 이른 봄 목련꽃이 우윳빛의 고결한 모습으로 고요하게 피었다. 꽃가지 속으로 얼굴을 묻고 한참을 들여다보다 말로는 표현할 수 없는 황홀경에 빠져들었다.

목련꽃은 우아하며 아름답지만 자고 나면 송이 채 툭 한꺼번에 많이 떨어져 있는 모습이 왠지 모를 서글픔을 안겨준다. 아이들이 연못가 돌계단에 앉아 분수의 물줄기를 잡아보려 장난치는 아우성이 들린다. 나뭇가지에는 새들이 날아와 재잘댄다. 한여름의 매미 소리와 불어오는 바람도 정겹다. 꽃을 찾아 벌과 나비들이 날아와 조그만 정원이 활기가 넘친다.

진달래 꽃망울 지는 봄이 오면 옛 생각이 떠올라 웃음이 절로 난다. 날씨도 쌀쌀한데 딸애가 치마를 입겠다고 졸라댔다. "저기 있는 나무에 진달래꽃이 피면 치마도 입고 스타킹도 신자." 하고 달래며 기다리라 했다. 얼마 지나지 않아 딸이 꽃이 피었다며 호들갑을 떨었다. "아니! 벌써 꽃이 피었니?" 하며 나가보니 딸은 치마가 입고 싶어서 아직 피지도 않은 꽃망울을 손으로 벌려 억지로 꽃잎을 펴놓은 것이 아닌가. "찢어진 꽃망울이 얼마나 아팠을까?" 하자 아이도 나의 말에 느끼는 것이 있었던지 울음을 터트렸다. 아이의 동심에 상처를 준 것 같아 미안하기도 했었다.

지금도 봄이 되면 진달래꽃 위로 천진한 어린 딸의 얼굴이 그려진다. 오월이 오면 실바람에 살포시 실려 오는 보랏빛 라일락의 짙은 꽃내음이 좋아서 나는 창문을 활짝 열어 놓곤 했다. 봉숭아꽃이 활짝 피면 이웃집 아가씨와 어린이들이 손톱에 봉숭아물을 들이고 싶어 꽃을 따러 온다. 동네 아주머니들은 그 넓은 땅에 채소를 심지 아깝게 잔디밭을 만들었느냐고 한다. 나는 채소도 좋지만 잔디밭이 더 좋았고, 더 기쁜 것은 꽃과 나무를 가꾸는 일이다. 해질녘에 잔디 위에 앉아 아이들의 하루 이야기를 들을 때가 가장 즐거웠다. 그런데 잔디밭에 풀을 뽑는 일은 장난이 아니었다. 일요일이면 우유곽을 하나씩 아이들 손에 들려 잔디밭으로 내보낸다. "오늘 우유곽에 가득 풀을 뽑은 사람은 숙제 끝!"이라고 말하기도 했다.

　어느 날 보니 빨간 덩굴장미가 살금살금 대문 위로 올라가 줄지어 꽃송이를 소담스레 피우고 있었다. 작은딸이 대문 위에 올라가 장미꽃과 놀다가 그만 땅바닥으로 떨어졌다. 부엌에서 그 광경을 보고 정신없이 뛰어나가 아이를 업고 병원으로 달려갔다. 아이는 눈을 감은 채 움직이지 않는다. "하나님 제발 아이에게 아무 일도 없게 해 주세요." 마음속으로 수십 번도 더 외쳤다. 의사 선생님이 다친 데는 없지만, 많이 놀랐으니 안정을 취하라는 말에 한숨을 돌리며 얼마나 감사했는지 모른다. 그런데 정신을 차리고 보니 맨발이었다. 아무려면 어떤가, 아이가 무사하다니 다행이지. 나는 애들 엄마잖아……. 하고 가슴을 쓸어내렸다.

　오늘은 아이들 생일잔치를 잔디밭에서 해주기로 했다. 짚으로 만든 둥근 멍석을 깔아 놓고 내가 만든 케이크와 떡 그리고 과일, 과자, 음료수 등으로 조촐한 생일상을 차리고 친구들을 초대했다. 아이들은 재잘거리며 생일 축하 노래를 불러주고 나름대로 준비한 선물을 수줍어하며 꺼내놓는다. 공책, 연필, 지우개, 색종이 등 소박한 마음의 선물이다. 꾸밈없는 어린이들의 함박웃음에 나도 덩달아 동심으로 돌아간 기분이다. 아이들에게 추억을 만들어 주고 싶어 그날 모인 아이들의 손가락에 봉숭아물을 들여 주었다.

우리 아이들이 물가에 놀러 가고 싶어 할 때면 수영복으로 갈아입히고 마당으로 데리고 나갔다. 장독대에 올라가는 계단 아래 커다란 고무통에 물을 가득 담아놓고 계단에서 뛰어내리게 했다. 풍덩! 하며 세차게 튀어 오르는 시원한 물줄기를 온몸으로 즐기는 것이 우리 집만의 피서법이었다. 아이들은 신이 나서 소리치며 즐거워한다. 물놀이가 끝난 후 잔디밭에서 먹는 수박은 더 맛이 좋았다.

여름이 어느새 지나가 버렸다. 사과나무와 대추나무에 열매가 소담스럽게 열렸다. 아이가 낮잠에서 깨어 울면서 잠투정을 하면, 얼른 안고 사과나무 아래로 간다. "사과가 어디 있지?" 하며 고개를 갸웃거리면 손가락으로 "여기도 있고 저기도" 하며 어느새 울음을 그친다. 대추가 빨갛게 익었다. 기다란 장대로 털면 아이들이 주워 모으니 대소쿠리에 그득하다. 풋대추의 달콤한 맛도 좋지만, 수확의 기쁨이 더 즐겁고 이웃과 나눌 수 있어서 좋았다. 국화꽃이 필 때가 되면 대문을 활짝 열어 놓고 꽃 잔치를 벌인다. 대문으로 가는 길 양옆으로 탐스런 대국 화분을 늘어놓았다. 이웃 아주머니들과 커다란 둥근 멍석 위에 앉아 부침개와 떡, 과일 등과 음료수를 먹고 마시며 꽃구경도 한다. 배추밭보다 좋다며 부러워들 한다. 이런저런 이야기로 시간 가는 줄 모르고 정이 흐른다.

큰아이가 초등학교 입학할 때 집을 지어서 13년 동안 살았으니, 집도 이웃도 정이 많이 들었다. 우리 가족은 이 집에서 많이 행복했었다. 그런데 시골에 계신 시어머님을 모셔야 하는데 방이 모자라 부득이 이 집을 팔고 이사를 하게 되었다. 추억이 많았던 집을

떠나려니 정든 임 떠나보내듯 가슴이 아리다. 언제 아름다운 정원
과 향기 있는 이웃들을 다시 만날 수 있을까. 평생 갖고 싶어 했던
아름다운 정원이 생각날 때마다 그리울 것 같다. 지금도 작은 정원
이 있던 옛집을 추억하며 이야기를 나누기도 한다. 언제든 가슴을
채워주는 추억을 남겨준 소중한 우리 집에 뒤늦은 고마움을 전하
고 싶다.

내 친구 하모니카

　내가 하모니카와 인연을 맺은 지는 50여 년 전 여고 시절이다. 어느 날 같이 하숙을 하던 사촌 동생이 하모니카를 빌려왔다. 숨을 내쉬고 마시면서 음이 만들어지고 아름다운 소리가 나오는 것이 신기했다. 내일 가져다주어야 한다고 하는데 한 번 더 불어보고 싶었다. 하여 하숙집에서 밤에 이불을 뒤집어쓰고 들숨 날숨으로 산토끼의 음을 찾아서 불어 보았더니 어설프지만 노래가 되었다.

　나는 노래에 자신이 없어 늘 노래 잘하는 사람을 부러워했다. 그러다 보니 관광 갈 때나 모임에서 노래방 갈 때도 노래를 못 부르는 것이 스트레스가 되었다. 언젠가 부부동반 관광을 가는데 보나마나 노래를 시킬 것 같아 맘먹고 준비를 했다. 내가 잘 부를 수 있는 곡을 미리 가사도 외우고 딸의 피아노에 맞추어 열심히 연습했었다. 그날 비가 와서 연기가 되었다. 한 달도 더 지나 관광을 가게 되었는데 전에 연습했던 것을 잊어버려 당황한 적이 있었다.

　서울로 시집 간 큰 언니가 막내 동생이 놀러 갔을 때 선물로 하모니카를 사주어서 가지고 왔다. 그런데 동생보다 내가 더 하모니카를 좋아해서 시간만 있으면 아는 노래를 떠듬떠듬 불었다. 틀리면 다시 반복해 연습하다보니 음은 정확하지 않지만 그냥저냥 서툴게나마 부를 수 있게 되었다. 그 시절엔 무더운 여름밤이면 시골 공동우물에서 목욕을 하고 대청마루 모기장 속에 누워 밤하늘을 바라보곤 했다. 수많은 별들이 반짝이며 소근대는 소리가 들리는 듯했다. 쏟아지는 별빛을 바라보면서 뒤뜰에서 풀벌레들의 노랫소리가 들려오면 어린 시절 즐거웠던 추억들이 아련히 떠오른다. 그리운 친구들과 보고픈 선생님이 생각난다. 나는 그럴 때마다 하모니카를 들고 눈을 지그시 감으며 '내 고향 남쪽 바다'를 연주하곤 했다. 그러면 마치 내가 바닷가에 있는 것 같고 물 위로 친구들의 얼굴이 보이는 듯 환영幻影을 느끼며 행복해지곤 했다.

그 후 얼마 동안 공부, 취업, 결혼 등 바쁜 생활이 계속되면서 하모니카를 한동안 잊고 살았다. 아이들이 성장하고 회갑이 되었을 때 막내딸이 하모니카를 선물해 주었다. 하모니카는 다시 내 친구가 되었다. 자신감이 없어서 다른 사람이 보지 않는 곳에서 혼자서만 노래 부르고 싶을 때 실컷 힘주어 불어본다. 스트레스도 풀리고 기분도 좋아진다. 정식으로 배우고 싶은 마음이 있었어도 어디서 배워야할지를 몰랐다. 그러던 중 친구로부터 복지관에서 배울 수 있다는 말을 들었다. 기쁜 마음으로 등록하고 일주일에 한 번 가서 배우기 시작했다. 배운 지 한 달쯤 되어서 남편의 생일이 돌아왔다. 잘하지는 못하지만 노래를 한 곡 선물해주고 싶었다. 남편 몰래 연습해 '나 혼자만의 사랑'을 불었더니 고맙다며 손을 잡아준다.

지난 10월에 충청북도 실버축제가 열렸는데 우리 복지관에서는 하모니카 반이 나가게 되었다. 이 나이에 무대에 선다고 생각하니 긴장되어 악보가 눈에 들어오지 않고 흐릿하게 보였다. 그래도 틀리지 않고 잘 불었을 때는 기분이 좋고 스스로가 자랑스러웠다.

하모니카 연주를 꼭 들려주고 싶은 사람이 있었다. 지금은 감사하게도 암 투병을 잘 이겨내고 건강하게 지내고 있다. 그가 투병할 때 '사랑을 위하여' 노래 가사를 수없이 되뇌이며 많은 눈물을 흘렸다. 내년 생일에 불러주려고 열심히 연습을 하고 있다. 노래가 사람의 마음을 즐겁게 해 주고 슬픔을 위로도 해준다. 사람의 감정을 다스리는 명약이라는 생각이 든다.

어느 날 하모니카 선생님이 악보를 나누어 주었는데 제목이 '내 나이가 어때서'였다. 가사는 대강 이렇다. 「내 나이가 어때서, 사랑하기 딱 좋은 나인데. 사랑에 나이가 있나요. 마음도 하나요, 느낌도 하나요, 그대만이 정말 내 사랑인데 눈물이 나네요. 어느 날 우연히 거울 속에 비친 내 모습을 바라보면서 세월아 비켜라. 내 나이가 어때서, 사랑하기 딱 좋은 나인데」 '어쩜! 내 맘과 똑같네.' 나도 모르게 중얼거렸다. 웃음이 나오면서도 세월이 가는 것을 안타까워하는 그 마음에 잔잔한 서글픔이 밀려온다.

지인을 통해 수필 창작반을 소개받고 등록하기까지 얼마나 망설였는지 모른다. 내가 할 수 있을까? 딸이 한 번 해보라고 용기를 주면서 등록을 해 주고 갔다. 내 나이가 어때서, 수필 공부하기 딱 좋은 나인데! 하면서 피식 웃어본다.

김장 하던 날

김장할 때가 되면 동구 밖 샘에서 새벽부터 배추를 씻던 어머니가 생각이 난다. 내가 어렸을 때는 지금보다 훨씬 추웠다. 허름한 스웨터를 입으시고 머리에 수건을 둘러쓰고 맨손으로 그 많은 배추를 씻었으니 얼마나 춥고 떨렸을까. 입술이 파랗다 못해 시퍼랬다. 고생하는 어머니가 안쓰러웠다. 그래도 어머니는 힘들다는 말씀을 한마디도 하지 않으셨다.

결혼해서 처음으로 김장할 때를 생각하면 웃음이 절로 난다. 배추를 절이고 씻어 놓았을 때 마침 고모님이 김장하는 것을 도와주러 오셨다. 얼마나 고마웠는지 모른다. 배추에 갖은 양념을 한 소를 넣어 항아리에 차곡차곡 다 넣고 나서 고모님은 집으로 가셨다. 뒷설거지를 하다 보니 마늘을 넣지 않은 것이다. 이런 난감한 일이 또 있을까. 마늘이 빠진 김치 맛이 어떨까. 정신이 번쩍 들었다. 어쩔 줄 몰라 안절부절 하다 그냥 두면 안 될 것 같아 김치를 다 꺼냈다. 배추 위에 갈은 마늘을 조금씩 고루 펴주고 항아리에 차곡차곡 다시 넣으며 김치가 맛있게 잘 숙성되기를 빌었다. 번거로웠지만 그렇게라도 하고 나니 마음이 편하다. 김치가 익을 때 김치 물이 아래위로 오르락내리락하면 통할 거라는 생각을 하니 마음이 놓였다. 그 후 김치가 익었을 때 맛있어 다행이었다.

　김장할 때가 되니 내 건강이 잘 견디어 주려나 걱정이 앞선다. 올 김장이 마지막이라고 하면서 또 하기를 몇 년째다. 김장을 일요일에 하기로 했다. 뽑은 무를 논둑을 지나 큰길까지 나르는 일이 걱정이었는데 아들과 사위가 와서 도와주었다. 무가 제 할 일 다 했으니 뽑아 달란다. 듬성듬성 뽑힌 자국만 남긴 채 비어있는 무밭을 바라보니 정든 임 떠나보낸 듯이 허전하다.

　올해 김장은 절임 배추를 사서 하지만 양념과 채소는 농사지은 것들로 준비한다. 나로서는 그것도 힘에 겨운 일이다. 야채는 김장하기 하루 전날 밭에 가서 뽑고 다듬어야 하는데 비가 온다니 걱정이다. 남편은 며칠을 두고 마늘을 까주었다. 야채도 같이 다듬으면서 젊어서 못해줘 미안해 도와주고 싶다고 말한다. 그러면서 김장이 이렇게 힘든 것인지 몰랐다고 한다. 어려움이 있었지만 준비가 거의 되었다. 내일 김장을 오전 중에 끝내기 위해 오늘은 아주 바쁘다. 우리 집은 젓갈을 넣지 않고 김치를 한다. 그래서 북어 대가리, 멸치, 다시마, 양파, 파 뿌리, 대추, 건표고, 대파를 끓인 육수를 만들어 담백한 김치를 담는다. 김치 명인들의 김장김치의 재료들을 모아보고 거울삼아 우리 집만의 김장재료를 준비한다. 저울로 무게를 달아서 양념도 준비하고 야채도 준비한다. 이렇게 하면 양념이 모자라고 남는 일이 거의 없어서 좋다. 올해는 연근을 갈아 넣기로 했다. 김치가 빨리 물러지거나 쉽게 쉬는 것을 막아주어 김치가 아삭 하다고 한다.

　드디어 오늘은 김장하는 날이다. 오전 중으로 김장을 마치려면 서둘러야 한다. 새벽 5시부터 마늘 생강을 갈고 고춧가루에 육수를 넣어가며 개어놓았다. 김치에 고추 물을 곱게 들이기 위해서다. 사위나 아들은 집에서 애들을 보고 여자들만 온다. 막내만 내외가 김장을 도우러 왔다. 무채를 썰고 야채를 썬 후 양념을 버무리는 일은 힘이 많이 드는데 언제나 막내 사위가 해주어서 고맙다. 양념에 간을 보는 것이 가장 중요한 일이다. 간을 보고 싱겁다고 소금을 더 넣고 또 간을 보다 보면 나중엔 싱거운지 짠지 맛을 잘 모르겠다. 옛날 우리 어머니들은 입맛과 눈대중으로도 잘들 하셨는데…… 사위가 사온 염도계로 간을 맞추었더니 간이 잘 맞는다. 김장김치는 간을 잘 맞추는 것이 김치 맛을 좌우하는데, 이제는 걱정이 없게 되었다. 가지고 온 김치 통에 잘 절여진 배추에 속을 넣은 김치를 담으며 주고받는 이야기들이 오손도손 정답다. 그 김치들도 정다웁게 잘 익어 올 김장은 맛이 좋을 것 같다. 김장을 서두르는 데는 이유가 있다. 손자들이 할머니네 집 김치 담그는 날을 손꼽아 기다린다. 사촌들과 만나 노는 것도 즐겁지만 김치에 수육 싸서 먹는 것이 너무 맛있어 기다려진다고 한다. 손주들이 어리다 보니 12시가 되면 점심 먹으러 가도 되느냐는 전화가 자주 걸려온다. 일하는데 지장이 있어 빨리 서두르게 된다. 부지런히 김치를 끝내고 드디어 기다리던 점심상이 차려졌다. 김이 모락모락 나는 수육과 갓 버무린 배추김치, 생굴로 푸짐한 한 상이 차려졌다. 가족 모두 함께 모여 즐거이 식사하는 모습에서 행복이 보인다. 우리 손주들이 오늘 가족이 함께 김장하던 날을 좋은 추억으로 기억했으면 좋겠다.

김장은 사람을 모이게 하고 정이 살아 있음을 느끼게 한다. 요즘은 편리하게 사먹을 수도 있지만, 가족이 함께 오순도순 버무려 만든 김장에 더 의미 있다고 생각한다. 하루가 다르게 변해가는 세월 속에서도 김치는 우리에게 없어서는 안 되는 음식으로 자리하고 있다. 집집마다 손맛이 다른 것이 또한 김치의 독특한 맛이다. 우리 할머니, 어머니들은 배추와 무, 고춧가루, 마늘, 파만 가지고도 아주 맛있는 김치를 만들어 내셨다. 바로 손맛이다. 나는 더 많은 양념을 넣어도 그 맛을 내지 못한다. 무엇이나 풍요롭게 넘쳐나는 오늘, 우리에게 부족한 것을 보여주고 채워주는 것이 김장 담그기이다. 일상은 언제나 바쁘고, 함께 모인다는 것은 늘 힘들다고들 한다. 정겹게 함께하는 맛있는 김장을 언제까지나 할 수 있을지도 걱정이다. 함께하는 삶을 가르쳐 준 김치 담그는 일이 가족 간의 화합의 장으로 끊이지 않고 이어갔으면 하는 바람이다.

쌀농사

워낙에 가물고 더워서인지 잠깐 스쳐 간 태풍이 마치 한 저녁의 산들바람처럼 느껴진다. 오랜만에 빗물을 한 모금 마신 뒤 식물들은 생기가 넘쳐흘렀다. 농사를 생업으로 삼고 있는 농민들은 애가 탔는데 이제는 한시름 놓은듯하다. 올해는 우렁이를 논에 넣고 그 이름처럼 우렁각시가 몰래 힘든 김매기를 해주려나 기대하고 있었다. 그런데 어느새 벼 포기 사이로 피가 고개를 치켜들고 만세를 부르기 시작한다. 어차피 같이 갈 수 없는 운명이라 피를 투쟁하다시피 뽑으면서도 미안하다는 생각이 든다. 쉬지 않고 뙤약볕에서 피사리하다가 결국 더위를 먹고 말았다. 논둑의 늘어진 버드나무 가지가 바람에 그네를 타듯 하늘하늘 손짓을 한다. 땀 흘리는 농부들의 쉼터가 되어주는 나무 그늘은 자연이 주는 사랑의 선물이다. 이제 아침저녁으로 서늘한 바람과 함께 곡식이 익어가는 계절이 되었다. 여름 병충해와 가뭄을 이겨내고 태풍도 꿋꿋하게 잘 견디어준 벼 이삭을 손바닥에 올려놓고 바라보니 대견스럽다. 벼 이삭이 스윽스윽 얼굴을 부비며 황금물결 위로 소근 대는 소리에 귀를 기울인다.

옛날 쌀이 귀할 때는 보리쌀을 먼저 안치고 쌀을 씻어 한옆에 꾹꾹 눌러 섞이지 않도록 밥을 지었다. 할머니, 아버지의 진지를 쌀밥으로 푸고 난 다음 활활 섞어서 다른 식구들 밥을 펐다. 불 조절을 잘못해 쌀밥과 보리밥이 섞이면 언니는 꾸중을 듣곤 했다. 그 시절에는 쌀이 정말 귀했다. 보리밥과 밀국수로 여름을 지내고 덜 익은 나락을 훑어다 솥에 쪄서 쌀을 만들어 밥을 지었다. 나는 어렸을 때 농사짓는데 새를 쫓는 일로 힘을 보탠 적이 있다. 나락이 여물 즈음 새 떼가 수십 마리씩 몰려든다. 아직 여물지 않은 벼의 단물을 빨아먹으면 벼는 쭉정이가 되고 만다. 힘들게 일해서 얻은 벼를 망치는 새가 얄미웠다. 쌀米미 자는 쌀농사를 짓는데 손이 여든여덟 번이나 간다고 해서 여덟 팔자 두 자를 써서 만들었다고 한다. 얼마나 힘들여 지은 쌀농사인가를 짐작할 수 있다. 요즈음 젊은이들은 쌀이 귀한 줄을 모른다. 농사일도 지금은 기계화되어 콤바인으로 벼를 베면서 탈곡까지 하니 많이 편리해졌다. 이제는 농사일도 첨단 과학의 힘을 빌려야 한다. 제사가 돌아오면 고깃국에 흰쌀밥 먹는다고 좋아했는데 초저녁잠이 많은 나는 졸음을 참지 못해 그만 잠이 들었다. 눈을 떠보니 아침이었다. 왜 깨우지 않았느냐며 발버둥을 치며 울었던 생각이 난다. 아무리 쌀이 귀해도 아플 때는 어머니가 미역국에 쌀밥을 말아 주셨다. 언젠가는 보리밥 먹기가 싫어 배가 아프다며 꾀병을 부린 적이 있었다. 김이 모락모락 나는 쌀밥을 한 공기 퍼 주시는데 참기름 친 간장에 비벼만 먹어도 그 맛이 좋았다.

결혼해서 제삿날이 되면 쌀밥을 무쇠솥에 한 솥하고 콩나물을 큰 양푼에 무치고 여러 가지 나물과 제물을 준비한다. 제사를 지낸 후 도와준 친척 아주머니들이 쌀밥을 한 양재기 가득 담고 나물과 탕국을 가져간다. 나는 못 오신 어른을 위해 반찬과 쌀밥을 한 그릇 수북이 함지박에 담았다. 머리에 이고는 캄캄한 골목길을 더듬어 가서 조심스레 대문을 두드린다. 속옷 차림의 할머니가 눈을 비비며 나오신다. 쌀밥이 귀한 때라 어른을 대접해 드리는 것이라 생각을 하면서도 나는 그 일이 너무 힘들었다. 머리에 이는 것도 서툴러 진땀이 나는데 곤히 주무시는 어른을 깨우는 것이 민망해서 더 힘들었는지도 모른다. 이렇게 쌀이 귀할 때 성당에서는 쌀을 비치해 놓고 형편이 어려운 사람들이 필요한 만큼 쌀을 가져갈 수 있도록 이웃을 사랑하고 배려하는 행사를 했었다.

식생활의 변천에 따라 고단했던 쌀 전쟁으로부터 30여 년이 지났다. 지금은 농업환경도 좋아지고 먹거리가 풍부해져 쌀 소비량도 많이 줄어 천대받는 식품으로 전락하고 있다. 우리가 가꾼 농산물을 우리가 아끼고 사랑해야 한다. 우리는 농부들의 수고에 고마움을 표현하지 못하고 당연한 것처럼 살아왔다. 여름엔 벼의 초록 잎으로 푸른 파도를 만들어 우리에게 시원함을 선사한다. 가을이면 황금빛 물결치는 아름다운 들판이 평화로운 마음을 선물한다.

밥은 생명을 지켜주는 소중한 우리의 삶이자 문화이다. 우리는 어린 시절부터 밥을 먹으며 꿈과 희망을 키웠고 사랑하는 법도 배웠다. 어쩌다 외국 여행이라도 가보면 보고 싶은 가족과 함께 그리운 것이 흰 쌀밥이었다. 다른 나라의 쌀로 밥을 지어 먹는 것은 생각도 못했는데 현실로 다가왔으니 농부들의 마음이 안타깝기만 하다. 옛날에는 진지 잡수셨어요? 밥 먹었니? 하는 것이 인사였다. 지금은 식량이 없어 밥 못 먹는 사람이 없다 보니까 그런 인사가 사라지고 있다. 참으로 따뜻한 마음이 담긴 정겨운 인사였다는 생각이 든다. 밥을 짓는 쌀이 없으면 불안하고 초조했다. 쌀로 밥을 짓고 떡을 만들고 술을 빚고 죽을 끓여 먹으며 건강할 때도 아플 때도 쌀을 주식으로 삼았다. 우리 민족은 쌀이 싫증나거나 물리지 않는 백성이다. 쌀밥으로 체질을 보전하고 쌀 음식을 많이 이용해야겠다. 쌀 사랑으로 쌀 문화의 우수성을 여러 나라에 알리면서 우리의 쌀농사를 지켜나가야 한다.

예기치 못한 일

잠자리에서 꿈인지 생시인지 소나기 오는 소리가 들린다. 비설 거지를 해야지 하며 벌떡 일어나 한 발짝 떼었는데 쿵 소리와 함께 방바닥에 그만 주저앉고 말았다. 이게 웬일일까? 일어나려고 해보지만, 몸을 움직일 수가 없었다. 새벽 4시, 119로 병원 응급실에 도착했다. 내가 어떻게 이런 실수를 했는지 도무지 생각이 나지 않는다. 저녁때가 되어서 곰곰이 생각해보니 잠결에 침대 위에서 일어나 방바닥으로 착각하고 걸어가다 허공을 딛었던 것이다. 엉덩방아를 찧으면서 고관절을 크게 다쳤다.

너무 속이 상했지만, 남편이나 직장에 다니는 자식이 아닌 내가 다친 것이 다행이라고 생각을 고쳐먹고 감사하기로 했다. 병원에 입원하면서 제일 큰 걱정이 화장실 문제였다. 다행히 목발을 짚고 혼자 다닐 수 있다는 것만으로도 큰 위안이 되었다. 어차피 벌어진 일, 내공을 쌓는 마음으로 병원 생활을 하리라 마음을 단단히 먹었다. 입원실에 새로운 환자가 들어오면 어디가 아파서 왔을까? 궁금한 눈빛으로 탐색을 한다. 며칠 지나자 자연스럽게 말을 주고받으며 아픔을 함께 동병상련한다. 사랑을 나누고 정을 보태니 어느새 친구가 되고 이웃이 되었다. 서로 도와가며 지루하지 않게 병원 생활을 할 수 있었다. 아픔도 나누고 간식도 나누며 건강정보도 공유한다.

온종일 누워 지내다 보니 평소에 무심코 보았던 꽃 한 송이, 햇빛 한 줄기, 바람 한 자락이 얼마나 고마운 존재였나를 새삼 느끼게 된다. 욕심을 버리고 아주 작은 것에도 기뻐하고 감사 할 수 있는 좋은 기회라는 생각이 든다. 다른 사람의 도움만 받고 내가 해줄 수 있는 것이 없어 미안한 마음이다. 환우들의 빠른 쾌유를 위해 기도를 시작했다.

밤이 깊었건만 환자들의 신음소리가 들린다. 뒤척이는 몸짓에 간호사들이 밤새도록 환자들을 살피느라 들락날락하는데 잠이 오지 않는다. 자동차 행렬은 사방으로 흘러가는 은하수 같다. 마치 병실에서 바라본 별들의 향연이었다. 도심에 내려앉은 별들은 인공의 별을 보는 사람의 감성을 자극한다. 어릴 때 우리 집 마당엔 별이 많았다. 캄캄한 여름밤 마당에 멍석을 펴고 누우면 온통 별천지였다. 세월이 흘러 기억의 저편으로 사라졌어도 그 옛날, 별이 쏟아지던 고향 하늘이 그립다. 우주의 신비는 출렁이는 마음을 고요하게 만들었다. 이렇게 고독과 외로움 속에 있을 때 내 곁에서 반짝이는 별은 사랑하는 사람이다.

실수란 살아가면서 누구에게나 일어난다. 나도 모르게 순간적으로 일어난다. 그래서 더욱 화가 났다. 순간의 실수로 얼마나 많은 고통과 불편을 감수해야 하는지 모른다. 가족에게도 미안하고 한바탕 몽니라도 부리고 싶은 심정이다. 실수란 크거나 작거나 간에 돌이킬 수 없다는 것과 후회가 남는다는 공통점이 있다. 장기를 둘 때 수를 잘못 두었다든지, 말을 잘못해서 상대의 기분을 상하게 했다든지, 장례식장에 고운 옷을 입고 갔다든지 이런 가벼운 실수는 다시 반복하지 않도록 노력하면 된다. 그러나 자동차 사고나 등산하다 발을 헛디뎌 굴렀다든지 넘어져서 다치는 등 신체에 커다란 고통을 주고 돌이킬 수 없는 큰 실수도 부지기수다.

다른 사람의 실수를 통해 나의 실수를 예방하는 것이 좋다고 한다. 실수해 보지 않은 사람은 실수했을 때 수정하는 방법도 모른다. 실수를 두려워하지 말고 삶의 지혜를 배우는 좋은 기회로 삼자고 애써 위로해 본다. 무언가 배울 수 있는 실수는 일찍 경험해 보는 것도 득이 될 수 있을 것이다. 실수를 가볍게 여기지 말고 진지하게 원인분석을 하면 미처 발견하지 못한 실마리가 숨어있다.

과학자들은 실수로 위대한 발명품을 만들기도 한다. 세균학자 플레밍은 실험 도중 뚜껑을 제대로 닫지 않아 푸른곰팡이가 핀 것을 발견했다. 실수로 생긴 곰팡이에서 수천만 명을 구한 페니실린을 탄생시켰다. 이러한 사례는 실수를 그냥 지나쳐 버리지 않고 예리한 통찰력과 부단한 노력이 성공의 원동력이 된 것이다. 실수로 누구는 무너지고 누구는 오히려 발전하는 계기로 삼기도 한다. 실수나 실패를 거울삼아 더 나은 삶을 만드는 현명함을 갖도록 노력해야겠다. 그래서 성급한 마음과 신중하지 못한 습관에서 비롯되었

던 실수를 줄여 더 안전하고 편안한 삶이 되도록 조심해야겠다고
다짐해본다.

텃밭 정원

옥상에 못 쓰는 장판을 깔고 벽돌과 스티로폼 박스에 흙을 담아 둑을 만들고 옆의 공터에서 며칠 흙을 퍼 날라 조그만 텃밭을 만들었다. 상추, 쑥갓, 오이, 아욱, 부추, 치커리, 들깨 등 여러 종류의 채소를 심어 놓고는 하루에도 몇 번씩 올라가 본다. 아침에 일어나 눈을 비비며 옥상으로 올라가면 이슬을 함초롱이 머금은 야채들과 아침 인사를 나눈다.

텃밭의 채소들은 하룻밤 새에도 훌쩍 큰 것 같은 기분이다. 채소밭은 나에겐 작은 정원이다. 노란 오이꽃에 달린 귀여운 아기 오이는 며칠 지나면 먹기 좋은 오이로 자란다. 올망졸망 달린 고추는 신기하기만 하다. 이것저것 뜯다 보면 작은 소쿠리에 가득하다. 많은 것은 비닐봉지에 넣어 뒷집 아줌마에게 맛이나 보라며 건넨다. 아래층에 사는 아기 엄마들에게도 나눠주며 서로 정을 나눈다. 싱싱한 고추 몇 개 따고, 부추 한 움큼 뜯어 계란말이 하고 아욱은 뜯어서 된장국을 끓여 아침 준비를 한다. 직접 기른 채소를 먹으며 나의 작은 수고가 우리 집의 건강을 지킨다는 자부심에 행복하다. 전에는 음식물 쓰레기를 썩혀서 거름으로 썼지만, 지금은 쌀

뜨물 1.8L에 당밀 1T(흑설탕 1T)를 잘 섞어서 그늘진 곳에서 10일 정도 두면 발효액이 된다. 음식물 쓰레기 위에 발효액을 뿌리고 또 그 위에 음식물 찌꺼기를 넣고 다시 발효액을 뿌려서 숙성시키면 완전 발효액이 된다. 위의 맑은 물은 식초와 막걸리를 섞어서 잎에 뿌려주고 건더기는 채소밭의 친환경 거름으로 쓰면 병충해도 덜하고 무공해 채소가 탄생한다.

한여름 밤 남편과 무더위도 식힐 겸 옥상에 올라 밤하늘의 별을 바라보며 지난 일들과 아이들 이야기로 시간 가는 줄 모른다. 잠자는 채소들을 돌아보며, 자연은 우리에게 한없는 기쁨과 즐거움을 주는 아주 소중한 존재임을 깨닫는다. 햇볕이 따가운 여름, 밖에서 돌아와 채소들이 얼마나 목이 탈까 싶어 옥상으로 뛰어간다. 잎이 늘어지고 힘들어하는 모습이 보인다. 나를 얼마나 기다렸을까, 얼른 물을 주면서 미안하다고 말을 건넨다. 신기하게도 얼마 후 고개를 번쩍 들어 싱싱한 모습으로 눈웃음을 지어준다.

시간이 지나면서 말은 없어도 무엇이 불편하고 필요한지도 알게 된다. 거름이 부족하기도 하고 잡초 때문에 힘들 때도 있고 병충해에 시달리기도 한다. 그 마음을 읽어야 친구가 될 수 있다. 한 번은 고춧잎에 큰 구멍이 나 있었다. 상태가 안 좋아 벌레가 있는 것 같은데 아무리 찾아보아도 보이지 않으니 이상했다. 밤에 손전등을 가지고 올라가 봤더니 커다란 벌레가 여러 마리가 있어서 깜짝 놀란 적이 있다. 하찮은 벌레이지만 낮에는 흙 속에 숨어 있다가 밤에 나와서 활동하며 살아남는 방법을 알고 있다는 것이 놀라웠다.

우리 인간이 자기 분수를 모르고 사람으로서의 가치를 상실했을 때 벌레만도 못한 사람이라 하지 않던가.

  아파트로 이사 올 때 옥상정원 때문에 많이 망설였다. 하지만 이곳에 와서도 빈터를 물색하여 2평 정도의 땅을 얻어서 채소를 길렀다. 아침 산책을 할 때면 이슬로 세수한 채소들이 반갑게 인사를 한다. 돌아올 때 쌈 채소와 고추를 따서 비닐봉지에 나누어 담았다. '맛있게 드세요' 라고 쓴 쪽지를 넣고 이집 저집 현관문에 걸어 놓으면 나는 부자가 된 기분이다. 텃밭의 채소로 정을 나누니 정다운 이웃이 되었다. 삭막한 도시의 작은 텃밭은 내 생활의 기쁨이고 활력소가 되었다. 자연은 욕심을 버리고 작은 것에 감사할 줄 아는 마음을 가르쳐준다.

가족사랑

   이십여 년 전, 그날 아침 시댁에 도둑이 들었다는 소식을 들었다. 놀라셨을 시어머님을 위로도 하고 점심 식사라도 해드리려고 닭을 사서 가려는데 그만 버스를 놓치고 말았다. 그 시절엔 시댁에 가는 버스가 하루에 2~3회 정도밖에 다니지 않았다. 점심 식사는 어차피 늦었으니, 닭을 삶아 가져가야겠다고 생각하며 집으로 돌아왔다. 그런데 셋방에 사는 아기 엄마가 대문을 잠그고 외출하고 없는 것이다. 어떻게 집으로 들어가지? 하고 생각하는데 옆집 대문이 열린 것이 보였다. 순간 옆집 장독대 계단으로 올라가 우리 집으로 뛰어내리면 되겠다는 생각이 들었다. 순간의 오판이 큰 사고로 이어질 줄 어찌 알았겠는가. 그날 담에서 뛰어내리다가 그만 미끄러지면서 정원에 심은 돌에 부딪히며 정신을 잃었다. 깨어보니 숨이 나오지 않고 말도 할 수 없었다. 이웃집 하숙생이 나를 병원으로 옮겼다. 의사의 말이 척추를 다쳐서 앞으로 많이 고생하겠다며 신경을 다치지 않아서 다행이라고 한다. 가슴부터 척추가 끝나는 곳까지 깁스를 했다. 앉을 수도 돌아누울 수도 없었다. 순간의 실수가 이렇게 큰 고통으로 다가올 줄이야.

삼복더위를 지나면서 가장 기본적인 일들조차 혼자서는 해결할 수 없는 현실이 안타까웠다. 숨을 쉬고 있다고 살아 있는 것이 아니었다. 이러다 영 일어나지 못하면 어쩌나 하는 생각에 불안해졌다. '하느님, 저는 한 가정의 아이들 엄마요, 남편의 아내요, 며느리입니다. 저를 세상에 보내실 때는 제게 주실 소명이 있으셨을 텐데, 할 일도 많고 하고 싶은 것도 많은데 이대로는 너무 힘듭니다. 제가 일어날 수 있도록 저를 도와주십시오.' 하고 기도를 했다. 불안하고 간절한 마음에 나도 모르게 기도가 저절로 입에서 새어 나왔다.

인간의 능력에 한계를 느끼며 좌절감과 실의에 빠져 방황하기 시작했다. 사람은 혼자서는 살 수 없는 사회적 동물이라는 말을 실감했다. 남편은 힘들어 하는 나에게 걱정하지 말라며, 지금은 힘들겠지만 의술이 발달해서 잘 참고 견뎌주면 곧 건강을 회복할 수 있다고 말했다. "당신은 할 수 있어." 하고 실망하는 내 마음에 희망의 씨앗을 심어 주었다. 어른 모시며 집안 살림하고 아이들 돌보느라 그간 고생 많이 했으니, 이번 기회에 푹 쉬라는 위로의 말을 했다. 암울한 고통의 시간을 잘 견디고 나면 건강을 회복 할 수 있으리라는 긍정적인 마음이 생기기 시작했다. 남편과 아이들에게 미안해 참았던 눈물이 한꺼번에 쏟아졌다.

가족은 기쁨과 슬픔, 고통까지도 함께 나누며 울타리가 되어준다. 삶에 용기를 주는 옹달샘과 같다는 생각에 가족의 소중함이 새삼스럽게 느껴졌다. 일하는 이줌미의 도움도 받았지만 남편과 아이들의 도움과 배려가 나에게는 위로와 큰 힘이 되었다. 하루는 남편이 기다란 회초리를 만들어다 주면서 밤에 급한 일이 있으면 혼자 고생하지 말고 이 회초리로 옆에서 자는 자기를 깨우라고 했다. 미안한 마음에 울컥했다. 아빠와 언니, 오빠가 직장과 학교에 가고 나면 여섯 살 막내가 내 손발이 되어준다. 밥도 먹여 주고 세수와 양치질, 잔심부름을 도맡아 해주었다. 갑자기 일어난 절망의 시간에 맞서 건강한 웃음을 찾기까지는 많은 시간과 인내가 필요했다. 절망의 벼랑 끝에서 나를 일으켜 세웠던 것은 가족의 따뜻한 배려와 사랑이었다. 특히 여섯 살 막내의 눈물 어린 병간호가 나를 감동시켰다. 세수, 양치질, 밥 먹여 주기, 약 챙기는 일을 짜증 한번 내지 않고 얼마나 곰살궂게 시중을 들어 주던지 대견스럽고 고마웠다, 가끔 "엄마 나 조금 놀다 와도 될까요?" 할 때는 마음이 찡했다. "막내딸 낳지 않았으면 큰일 날 뻔했네." 하면서 같이 웃기도 했다.

집안에서 가족을 위한 주부로서의 일상들이 사회생활을 하는 친구들과 비교되면서 발전이 없다는 생각에 짜증스러울 때도 있었다. 때로는 가사 일에 보람을 느끼지 못해 화가 날 때도 여러 번 있었다. 미처 깨닫지 못했는데 이렇게 다치고 보니, 내 손으로 사랑하는 가족을 위해 밥 짓고 빨래하며 집안일을 돌볼 수 있다는 것이 얼마나 큰 기쁨이고 행복인지를 알 것 같다. 사고가 나서 다치기 전에는 숨을 쉬고 산다는 자체가 행복이 될 수 있다는 것을 몰랐다. 주어진 것에 만족할 줄 모르던 나는 자신이 가지고 있는 모든 것이 행복임을 물처럼 흐르는 세월 속에서 깨닫는다.

가슴 시린 고통의 긴 터널을 지나온 어느 날, 나도 모르게 눈높이가 낮아진 것을 느꼈다. 항상 높은 곳을 바라보며 만족을 느끼지 못하고 불평불만을 가졌었는데, 눈높이를 낮추어 아래를 내려다보니 나보다 더 힘들고 어려운 이웃들이 보였다. 가진 것이 없다는 생각을 했었는데, 많은 것을 가졌다는 생각이 들었다. 어떤 상황에서 일이 잘못되었을 때 다른 사람에게 잘못이 있다는 생각을 내 탓이라고 바꾸니 불평과 미움이 사라지고 마음이 평안해졌다. 삶의 진리를 깨달아 절망에서 희망으로 가는 길이 보이는 것 같았다. 눈을 뜨고 가슴을 열면 진리는 단순하고 평범함 속에 있었다. 이렇게 큰 고통과 시련을 통해 어렵게 만나는 깨달음은 어둠에서 광명으로 눈을 뜨는 오솔길이었다. 가족 모두가 나를 사랑하고 있다는 자존감과 충만함이 나를 행복하게 했다. 작은 것에도 감사하며 다시 찾은 건강한 몸으로 이웃을 보듬어가면서 사랑하며 살아가겠다고 다짐해 본다.

달이 차고 기우는 모습처럼
겸손히 받아들일 수밖에 없는 것이 우리의 삶이다.
인생의 끝자락에서 낙엽 쌓인 거리를 거닐다가
눈물 한 방울을 뚝 떨어뜨리고 말았다.

4부

보약 같은 사람

진학의 꿈

호박

못 다한 사랑

그리움

늪

보약 같은 사람

나 대신 아파줄 사람은 없다

진학의 꿈

    사람은 누구나 어떤 사람으로 살아가고 싶다는 꿈을 품는다. 꿈을 실현하기 위해서 노력도 하고 고민도 많이 한다. 나의 학창시절에는 부모님이나 선생님과 고민을 상담하기가 쉽지 않았다. 무심코 잊고 살아왔던 흩어진 조각들을 모아 퍼즐 맞추기를 하듯 내 기억 속에 조각들을 조심스럽게 이리저리 맞추어 본다.

    보슬비가 내리는 오후 나는 비를 맞으며 걸었다. 담임선생님으로부터 사범학교 원서가 연령미달로 반려되었다는 말을 들었다. 순간 무지개처럼 피어오르던 나의 꿈은 비 맞은 꽃잎처럼 무너져 내렸다. 서러운 마음에 눈물이 자꾸만 흘러내렸다. 큰길을 걷기가 민망해 농수로 둑을 따라 걸었다. 한참을 걷다 보니 검은 구름이 몰려오면서 갑자기 소나기가 되어 쏟아졌다. 머리부터 발끝까지 옷만 젖은 것이 아니라 마음속까지도 흠뻑 젖었다. 걷잡을 수 없이 들끓던 마음이 조금은 잦아드는 것 같았다. 며칠을 앓고 난 뒤에야 정신이 들었다.

모아 두었던 용돈으로 인문 고등학교에 진학할 생각으로 원서를 써서 아버지 모르게 접수시켰다. 아버지는 주변에서 좋지 않은 소문을 많이 들으셨다며 객지로 학교가는 것을 완강히 반대를 하셨다. 밤늦도록 공부할 때면 간식으로 잡수시던 사탕과 엿을 문틈으로 살며시 넣어주시며 격려와 사랑을 주시던 아버지의 마음을 그때는 이해할 수 없었다.

결혼할 때 혼수는 없어도 좋으니 학교만 보내 달라며 졸랐다. 할머니는 여자가 공부 많이 하면 팔자가 드세다며 시집가서 살림만 잘하면 된다고 하셨다. 아버지는 송아지 한 마리 사줄 테니 키워서 너 가지라며 달랬지만 진학에 대한 간절한 마음을 접을 수가 없었다. 진학을 포기하는 것은 장래의 꿈을 포기하는 거나 마찬가지라고 생각했다. 문을 열고 마당으로 나가 싸리비로 마당 흙이 파이도록 힘껏 쓸면서 화를 가라 앉혔다.

드디어 수험표 받으러 가는 날이다. 어머니가 치마를 들치시더니 바지 주머니에서 구겨진 지폐 몇 장을 꺼내 손에 쥐여 주셨다. 너하고 싶은 대로 해보라는 무언의 눈빛으로 용기를 주신다. 아버지께 다녀오겠다는 인사를 하려고 방문을 열어보니 계시지 않았다. 마을 사랑방을 찾아가서 다녀오겠다는 인사를 하고 돌아서는데 콧등이 찡하며 눈물이 핑 돌았다. 청주에 처음으로 가는 손녀를 외할머니가 동행해 주셨다. 여인숙을 정해주시고 시험 잘 보라며 외삼촌 댁으로 가셨다. 남학생도 여러 명 있고 무서운 생각이 들어 슬며시 가방을 들고 나와 수험표를 받으러 학교에 갔다. 수험표를 받아들고 갈 곳이 없어 불안한 마음은 초조하다 못해 당황스러웠다. 마치 벼랑 위에 서 있는 기분이랄까 지금도 그때의 막막했던 심정은 잊히지 않는다. 같은 반 친구한테 내 사정을 말하고 너와 같이 지내며 시험을 보겠다고 그냥 따라갔다. 옛말에 궁하면 통한다는 말이 있듯이 어디서 그런 용기가 생겼는지 나 자신도 깜짝 놀랐다. 친구를 따라서 간 집은 오정목 미나리 광 논 한가운데 삽짝문도 없이 납작하게 엎드린 오두막이었다. 아랫방과 윗방의 벽을 뚫어 형광등 하나로 불을 밝혔다. 나는 아주머니가 반갑게 맞아 주는 것만으로도 너무 황송하고 고마운 마음이었다. 오늘따라 청천 하늘의 뭇 별들이 찬란히 빛나고 아름다웠다.

며칠 후 합격 통지서를 받았다. 기뻤으나 반대가 워낙 심해 아버지 얼굴만 쳐다보며 마음 졸이다가 입학금 마감일이 되었다. 오늘이 지나면 모든 것이 수포로 돌아간다는 생각에 한잠 못 자고 뜬눈으로 밤을 지새웠다. 아침 일찍 아버지가 출타할 옷차림을 하신다. 다락에 넣어 놓은 구두를 꺼내 놓으라며 외삼촌댁에 다녀오신다고 했다. 아무리 귀를 열고 들으려 해도 듣고 싶은 한마디 말은 끝내 듣지 못했다. 공손히 구두를 댓돌 위에 놓았다. 아버지는 내 마음을 알고 계실 것 같다.

그날 오후 뒷동산 언덕배기를 수도 없이 오르내렸다. 동산에 올라서면 버스에서 내려 산모롱이를 지나 걸어오시는 아버지의 모습이 보일 것 같았다. 동구 밖을 바라보며 숨을 크게 들여 마시고 아버지의 마음을 헤아려 본다. 대가족의 가장으로 청주로 학교를 보내면 학비도 부담되고 어린 딸을 객지로 보내는 것도 걱정되시는 아버지의 마음을 잘 알고 있다. 허약하신 아버지를 힘들게 한다고 생각하니 마음 한 자락이 아려온다. 기다리다 지쳐 집으로 왔다가 다시 뒷동산 언덕을 오른다. 아버지 오시는 것이 보이면 뛰어서 마중이라도 가볼까 애타는 내 마음처럼 서쪽 하늘에는 노을이 붉게 타오른다.

이제는 모든 것이 끝난 것만 같아 허탈한 마음으로 터벅터벅 걸어 집으로 왔다. 어느새 오셨는지 댓돌 위에 아버지의 구두가 놓여 있었다. 살며시 윗방으로 들어가 어머니와 대화를 엿듣는데 심장 뛰는 소리가 어찌나 크던지 말소리가 잘 들리지 않았다. 친척집에 하숙을 부탁했다는 말이 들렸다. 장지문을 활짝 열어 제치고 문지방을 넘어가 아버지의 무릎에 엎드리며 울음을 터트리고 말았다. 감사의 눈물인지 기쁨의 눈물인지 색깔을 알 수 없는 눈물이 하염없이 쏟아졌다. 가슴이 후련해지는 것 같았다. "그렇게 공부가 하고 싶었니? 너의 간절한 소망을 저버릴 수가 없어 아버지도 고민 많이 했다."며 등을 토닥여 주신다. 그때서야 눈물과 콧물로 범벅이 된 얼굴을 들어 아버지께 감사의 인사를 했다. 네가 우리 마을 첫 번째 여고생이 되었다며 빙긋이 웃으셨다.

드디어 입학식 날이다. 얼마나 기다렸던가. 커다란 보자기에 싼 이불을 아버지와 마주 잡고 하숙집으로 향하던 내 촌스러운 모습이 지금도 눈에 어린다. 내가 입학식장에 서 있는 것이 꿈만 같았다. 뜻도 모를 눈물이 소리 없이 흘러내린다. 남들은 쉽게 가는 고등학교 진학을 마음고생을 하면서 입학했으니 공부 열심히 하는 모범생이 되어 아버지를 기쁘게 해드리자고 마음속으로 다짐을 했다.

아버지가 고급 빵집에서 빵을 사 주셨다. 한눈팔지 말고 공부 열심히 하고 집에 오고 싶다고 쪼르르 오지 말라고 하셨다. 얼마나 딸 걱정이 되셨으면 먼 친척집 식구들과 한방을 쓰는 집에 하숙을 시켰을까 처음엔 많이 불편했지만 훗날 생각해 보니 부모님의 깊은 사랑이 느껴졌다. 처음으로 집을 떠나서인지 밥상만 받으면 눈물이 나고 목이 메어 밥이 넘어가질 않았다. 눈물이 밥그릇에 떨어진다. 너무 민망해 슬며시 수저를 놓곤 했다.

꿈을 이루기 위해서는 넘어야 할 장애물도 있고 눈물과 고통도 따른다. 인생은 운명이 아니고 선택이라는 생각이 든다. 의미 있는 인생을 살고 싶다면 꿈을 갖자. 하루를 살더라도 꿈을 갖고 사는 사람은 인생이 아름답다. 돈으로 얻는 행복, 지위나 명예로 얻는 행복, 사업의 성공으로 얻는 행복도 있다. 그러나 그것만 가지고는 오래가지 못한다. 아무리 돈이 많고 건강해도 꿈과 희망이 없으면 삶의 의미도 없다. 꿈은 세상을 아름답고 풍요롭게 만들 수 있을 때 더욱 빛을 발한다. 돈을 좀 더 많이 벌어서 편리한 생활을 한다든지, 출세를 해서 안이하고 편리하게 잘 살고 싶다는 것도 꿈이지만 나 개인을 위한 것이고 현재를 위한 삶이다. 우리는 사회나 다른 사람과 다 같이 잘 사는데 초점을 맞추려고 생각하는 것이 현재보다는 미래를 위한 의미 있는 삶이 되는 것이다.

우리는 저마다 각기 다른 모양과 색깔로 독보적인 아름다움을 지닌 존재다. 봉사 활동, 불우이웃돕기 등 인생에는 내가 경험하지 못한 아름다운 것들이 너무나도 많다. 절대적인 행복의 비결은 자신 속에 있는 참 자아를 만나는 것에 있다. 비교에서 오는 상대적인 행복이 아니다. 내면 깊은 곳에서부터 우러나오는 행복이다. 의미 없는 삶에는 행복도 없다. 그냥 남을 따라서 살다 보면 의미를 찾지 못한다. 더 폭넓게 책을 읽고 사람을 만나자. 아무리 가치 있는 일이라도 혼자서는 할 수 없다. 실패한 인생은 용서받을 수 있지만 꿈이 없는 인생은 용서받을 수 없다고 한 말이 생각난다. 먼 길을 돌아서 교사의 꿈을 이루었기에 입시 철이 돌아오면 그때의 추억이 떠올라 가슴이 아려온다. 지금의 교육환경과는 격세지감이 느껴진다. 꿈은 스스로 버리지 않는 한 언젠가는 이루어진다고 믿는다. 꿈은 노력하는 자에게 현실이 되어 찾아온다.

호박

    호박꽃은 농촌의 꽃이며 농부들의 꽃이다. 이른 아침 논밭으로 나가는 나를 환한 미소로 맞아준다. 나뭇잎과 풀잎에 맺힌 수많은 진주알로 눈을 뜬 여름날, 아침 이슬에 젖은 호박꽃이 농촌의 아침을 평화롭게 활짝 열어 놓는다. 내가 어렸을 때 뒷담에 그리 예쁘지는 않지만 탐스럽게 피는 노란 호박꽃을 나는 좋아했다. 꽃이 지고 파란 애호박이 열리는 것을 보면 신기하기도 하고 마음이 즐거웠다. 호박꽃 속에 벌을 가두고 장난도 치고 소꿉놀이도 하면서 놀았던 생각이 난다. "형님, 호박 하나 따다가 누른 국 해 잡수세요." 엄마가 이웃집 아주머니께 담 너머로 하시는 말씀이다. 조그만 것이라도 이집 저집 정을 나누며 살던 그 시절이 그리워진다.

    조금 더 있으면 호박을 심을 때가 다가오는데 늘 이맘때가 되면 생각이 난다. 10년 전 아들이 큰 수술을 받고 회복기에 있을 때다. 동물성 단백질보다 식물성 단백질이 많은 견과류나 씨앗으로 영양을 섭취하는 것이 좋다는 이야기를 듣고 시장에 갔다. 대부분 중국산이었다. 어느 날 농협 앞을 지나다가 늙은 호박을 수매해서 쌓아 놓았는데 관리를 잘못해서 썩어가고 있었다. 호박씨는 괜찮아 보여 그냥 맨손으로 씨를 정신없이 봉지에 담는데 남편이 내 손을 슬며시 잡아당긴다. 남편은 허겁지겁 호박씨를 주워 담는 내 모습이 안쓰럽기도 하고 누가 볼까 싶었나 보다. 나는 호박씨를 많이 얻었다는 생각에 부끄러움보다 흐뭇한 마음이었다. 오직 아들 생각뿐이었다.

그 후 시댁 논둑에 호박을 심기로 했다. 이른 봄 잡초가 우거졌던 곳에 호박구덩이를 파고 퇴비를 듬뿍 넣은 다음 흙과 잘 섞었다. 미리 모를 부어 놓았던 호박 모종에 물을 주고 옮겨 심었다. 얼마 후에 보니 호박 줄기가 둑 위로 성큼성큼 기어오르는 것이다. 호박 넝쿨이 어찌나 쑥쑥 자라던지 하룻밤 사이에도 한 뼘씩이나 뻗어갔다. 귀여운 덩굴손은 옆의 오가피나무 가지를 붙잡고 친구 하자고 소근 대는 듯 하다. 호박꽃은 가고 싶은 곳, 보고 싶은 풀꽃 친구들에게도 뻗어가서 활짝 웃으며 어깨동무를 한다. 호박꽃의 소박하고 순진한 얼굴이 진솔한 농부의 얼굴을 닮았다. 장난꾸러기처럼 가지 말라는 감자밭에도 살금살금 기어들어가 말썽을 부리기도 한다.

정성을 다해 가꾸었더니 그 마음을 알았는지 따가운 햇볕과 폭우도 잘 이겨냈다. 풀과의 싸움도 아랑곳하지 않고 무럭무럭 자란 줄기에 노란 꽃을 피우더니 파란 애호박이 주렁주렁 달렸다.

호박은 잎, 줄기, 과실, 종자 등 모든 부분이 식용 또는 약용으로 이용되는 고마운 작물이다. 먹을 것이 부족할 때는 구황식품으로 많이 이용되었고, 오늘날에는 다이어트에 좋은 음식이다. 늙은 호박은 떡, 엿 범벅, 죽 등 우리의 친근한 먹거리가 된다. 최근에는 고혈압이나 당뇨병, 불면증에도 효과가 있고, 특히 베타카로틴이 정상 세포가 암세포로 변화되는 것을 늦추는 항암 효과가 있다고 해서 많이들 애용한다.

줄기가 뻗기 전에 풀을 깎아야 하는데 너무 바빠 때를 놓쳤다. 풀이 많이 우거져 호박이 보이질 않는다. 어느새 군데군데 누런 호박이 환하게 웃으며 다가온다. 오랜만에 보는 친구처럼 반갑다. 올해도 어김없이 많은 열매를 맺어 주어서 고맙다고 흐뭇한 마음으로 호박을 쓰다듬으며 환하게 웃는다. 생각보다 많은 양의 호박이 달렸다. 대충 세어보니 칠십 통은 되는 것 같다.

추석 때가 되면 호박잎이 시들면서 누렇게 익은 호박이 모습을 드러낸다. 시골 아낙네의 너그러운 미소를 담은 둥글넓적한 호박이 나를 반긴다. 그런데 큰길까지는 한참 되는 거리라 따내는 일이 걱정이다. 논둑길이라 차도 못 들어가고, 한 통씩 사람이 직접 날라야만 한다. 이렇게 키운 호박으로 딸 출산할 때 호박즙도 해주고 사돈댁에도 드린다. 시어머니 모시는 친구들에게도 나누어 주고, 아파트 노인정에도 가져다 주었다. 호박이 필요한 이웃을 생각하며 메모를 해 본다. 호박죽 한 번 만들어 먹어 보라고 주면, 받는 사람도 부담스럽지 않아 편안한 마음이고 주는 사람도 넉넉한 마음에 부자가 된 기분이다. 그런데 집집이 가져다주는 일이 큰일이다. 남편의 도움이 필요하다. 말없이 도와주는 남편에게 항상 미안하고 고맙다.

내게 필요한 만큼만 남기고도 많은 양의 호박이 남았다. 전에 봉사하던 빈첸시오의 집(천주교 무료급식소)에 전화를 했다. 반가워하며 고맙다고 한다. 나이가 많으신 어르신들이라 호박국도 좋아하시고 호박볶음 등 여러 가지 용도로 요긴하게 쓸 데가 많다했다. 올겨울은 따뜻하게 보내겠다며 반가워한다. 이곳은 상당공원에 놀러 나와 점심을 먹지 못하시는 어르신들께 무료로 식사를 제공하는 곳이다. 12시가 되면 100여명이 넘게 오신다. 식사 준비도 모두 봉사자들이 한다. 힘들게 사는 이웃에게 작은 도움이라도 줄 수 있다는 것이 기뻐서 힘든지도 모르고 열심히 호박 농사를 지었다. 빈첸시오의 집에 갖다 줄 때는 아들, 사위까지 힘을 빌려 날랐다. 따끈한 호박국을 맛있게 잡수시는 할아버지, 할머니들의 모습을 떠올리니 흐뭇하고 오히려 즐거운 마음이다. 호박과 같이 느긋하고 편안한 미소로 다가와 인생을 논하며, 서로 도움을 주고받으며 사는 인생이고 싶다.

못 다한 사랑

"아이고! 어머님. 이러시면 어떻게 해요?" 어머니께서 변기 물에 세수를 하고 머리를 감고 계셨다. 기겁하는 내게 왜 그러냐는 표정으로 바라보시더니 이내 화를 내신다. 어쩌다 우리 어머님이 이렇게 되셨을까. 말로만 듣던 치매의 증세가 날로 심각하게 나타나 당황스럽다.

내가 어머님을 처음 뵈었을 때는 앞가르마를 반듯이 가르고 동백기름을 발라 곱게 쪽을 찌시고 비취색 옥비녀를 꽂으신 단아한 모습이셨다. 자손을 두지 못해 남편을 양자로 들이시어 나를 선보러 오셨을 때의 모습이다. 결혼을 하면서, 나는 딸처럼 어머니의 마음을 어루만져드리며 허전한 빈 가슴을 채워 드려야겠다고 생각했다. 친정에도 아들이 없어 양자를 들였기에, 내가 시어머님께 효도하면 친정어머니한테도 효도하는 며느리가 들어올 것이라 믿고 싶었다.

어머님은 참 부지런하셨다. 아침 일찍 고무래로 재를 치는 소리에 잠이 깨어 부엌으로 가니 큰 삼태기에 재가 가득 담겨있었다.

"제가 버릴게요." 하고 삼태기를 받아 들었지만, 너무 무거워서 대문 밖에 있는 잿간까지 가지 못하고 중간에 쉬다가 재가 쏟아지는 바람에 얼마나 민망했던지….

　한번은 어머님이 둥주리를 머리에 이고 밭으로 나가셨다. 얼마 지나서 채소를 가득 담아 머리에 이고 오시는 모습이 보였다. 마중을 나가 받으려는데 그만두라신다. 머리 위의 배추가 무거우셨든지, 잰걸음으로 들어오셔서 마당에다 던지다시피 내려놓고 다시 들로 나가셨다. 마침 이모님 두 분이 오셔서 차를 대접하고 이런저런 이야기를 하게 되었다. 마침 어머님이 밭에서 돌아오셨는데 닭이 배추를 쪼아 먹고 있는 것이 아닌가? 한심하다는 표정으로 나를 바라보신다. 나는 "닭이 우리 먹을 것은 남겨놓고 버릴 것만 뜯어 먹었네요." 하고 둘러댔다. "쟤는 넉살도 좋아." 하시며 활짝 웃으셨다. 어머님은 무뚝뚝한 편이지만 불호령 같은 시집살이는 시키지 않으셨다.
　아버님은 글공부를 많이 하신 선비셨는데, 말씀이 별로 없으시고 빙그레 웃는 모습이 전부셨다. 동네 사람들이 돈이나 농기계를 빌리러 와도 거절을 못하는 분이시다. 술과 고기를 좋아하시더니, 고혈압으로 환갑 해에 돌아가셔서 안타까움이 더했다.

　혼자되신 어머님께 주말마다 다녀오긴 해도 외로우실 것 같아 함께 살고자 했다. "더 있다가." 하고 말씀하신다. 그때만 해도 TV가 어머님 댁에만 있어 마을 사람들이 마실을 와서 심심찮게 지내고 계셨는데, 어느 날 갑자기 쓰러지셔서 청주로 모시게 되었다. 고향을 처음 떠난 어머님은 멀지 않은 곳이지만 몇 백리 되는 곳으로 온 것 같다며 마음을 잡지 못하셨다. 경로당에 모시고 가도 정을 못 붙이시고, 노인분들을 친구 하라며 집에 모시고 와도 잘 어울리지를 못하셨다. 공터에 텃밭을 만들어 드렸더니, 아침만 잡수시면 밭으로 가서서 재미를 붙이셨다.

어쩌다 등산이라도 가려면 장아찌를 썰면서도 눈치를 보게 되었다. "웬 장아찌는?" 하신다. "내일모레 산에 다녀오려고요." 하고 대답했다. 빨간 등산복을 입으면 너무 곱다며 "나이를 생각해야지!" 하신다. 그러면 나는 산에서 길을 잃어도 푸른 숲속에서 빨간색이 잘 보여서 입는다고 했다. 해 넘어가기 전에 일찍 오라신다.

노인이 되면 혼자 있기가 싫으신가 보다. 같이 시장도 다니고, 밖에서 있었던 이야기도 하며 적어도 하루에 30분 정도는 어머니를 위해 말동무가 되어 드리려 노력을 했다. 식탁에 앉아 밥하는 나를 바라보시면, 나물을 조물조물 무치다가 간을 보라며 입에 넣어 드린다. 어머니는 맛있다며 행복해하셨다. 외갓집 이야기나 고향 친구분들 이야기를 하면, 눈이 반짝 빛이 나며 이야기가 많아진다. 손톱에 봉숭아물을 들여 드리면 소녀처럼 좋아하셨다. 우리는 다투는 일이 별로 없는 다정한 고부로 지냈다.

그런데 어느 날 갑자기 말씀이 어눌해지셨다. 병원에 갔더니 치매 초기란다. 처음에는 사람을 잘 몰라보시고 대소변을 못 가려서 기저귀를 채웠는데 기저귀를 뜯어서 삼키다 목에 걸려서 애를 먹였다. 바깥 볼 일이 생기면 시장에서 맛난 것 사오겠다는 약속을 하고 검정콩과 흰콩을 섞어놓고 가려 놓으라는 숙제를 드린다. 부리나케 다녀와서는 열심히 콩 가르기를 하신 어머님께 잘했다고 칭찬을 하며 팥 도넛을 건네면 아이처럼 좋아하셨다.

신문이나 광고지를 가위로 오리게 하거나 구슬 꼬이기, 바느질하기 등 나름대로 시간을 보낼 수 있는 방법을 찾아보았다. 그러나 증상이 나아지기는커녕 조금씩 더 진행되었다. 하루는 변을 실수해 목욕을 시켜 옷을 갈아입혀 놓고 식사 준비를 하다 방문을 열어보니 벗겨 놓았던 옷을 껴입고 계셨다. 이러시면 어떻게 하느냐며 참지 못하고 화를 내고 말았다. 그러면 안 되는데 환자라는 것을 깜박 잊고 화를 낸 것이다. 내가 못난이 같아 얼마나 후회했는지 모른다.

하루는 조용해서 목욕탕 문을 열어보니 입을 벌린 채 다물지를 못하고 "써! 써!" 하시며 소리를 지른다. 비누를 씹으신 모양이다. 어쩌면 좋아! 이 사이에 낀 비누를 칫솔로 닦으니까 나 죽인다고 소리소리 지른다. 연민의 정이 눈물이 되어 가슴을 적신다.

잠시 옥상에 갔다 온 사이에 어머님이 안 계신다. 뛰어 내려가 이 골목 저 골목을 찾아다녀도 어디로 갔는지 찾을 수가 없었다. 경찰에 인상착의를 알리고 신고를 했다. 멀리는 가지 못했을 것 같아 식구 모두가 찾아 헤매었지만, 해가 지고 밤이 되었다.

미칠 것 같은 마음이다. 불길한 생각에 한잠 못 자는 나를 둥근

달이 너그러운 웃음으로 위로한다. 밤이 새도록 전화 오기만 기다렸다. 아침 11시 전화를 받고 달려가 보니, 초점 없는 눈으로 나를 바라보면서도 알아보지를 못하는 어머니의 몰골이 말이 아니었다. 대농 공장 철조망 근처에서 발견했다고 한다. 얼굴이며 팔, 다리가 철조망에 긁혀 피투성이가 된 어머님을 보는 순간 와락 끌어안고 나도 모르게 엉엉 소리 내어 울어버렸다.

산다는 것에 대해 주체할 수 없는 회의가 회오리바람처럼 지나갔다. 너무 가련해서 화를 낼 수도 없었다. 어머니 미안해요. 제가 잘 지켜 드리지 못해서……. 남달리 겁이 많으신 어머님이 캄캄한 밤이 얼마나 무서웠을까! 밤새 헤매시는 모습이 보이는 듯했다.

불쌍하다 못해 기가 막힌다. 어제는 너무 힘들었는지 깊은 잠에 빠졌다. 내가 어떻게 도와드려야 할지 가슴만 먹먹하다. 갈수록 더 큰 일이 자주 생겨서 의사 선생님께 찾아갔더니 알츠하이머라서 별다른 방법은 없다며 약을 지어 주었다. 내가 아니면 누가 어머님을 지켜줄 사람이 없다. 오직 나뿐이라는 생각에 마음이 무겁다.

오늘은 입을 꽉 다물고 밥도 물도 삼키지 않는다. 하루가 지나도 아무것도 먹지 못해 병원에 입원을 시켰다. 의사 선생님 말씀이 음식을 씹어 삼키는 것을 잊어버렸다고 한다. 기억이 돌아올 때까지 영양제 주사나 맞으며 기다리자고 한다. 먹는 것을 잊어버리다니 치매란 병이 정말 무섭다는 생각이 들었다. 입원하는 동안도 주삿바늘을 자꾸 뽑으려 해서 손을 침대에 붙잡아 맸다. 보는 내가 더 괴로웠다. 일주일 후 할 수 없이 퇴원했다. 집에 오자마자 밥을 한

술 크게 떠서 그냥 씹지도 않고 꿀렁꿀렁 삼키는 기적이 일어났다. "나 배고파, 밥 줘." 맛있게 잘 잡수시는 것이 고맙기만 하다.

치매는 환자보다 보호자가 훨씬 힘들다. 환자한테 화를 낼 수도 없다. 사랑으로 보듬어야 한다는 것도 알지만 내 몸도 마음도 지칠 대로 지쳐갔다. 천당과 지옥을 넘나들 정도로 마음이 힘들 때면 「청산은 나를 보고 말없이 살라하고, 창공은 나를 보고 티 없이 살라 하네. 사랑도 내려놓고 마음도 내려놓고 물 따라 바람 따라 살다 가라 하네.」 시를 마음속으로 하루에도 몇 번이고 되뇌면서 마음을 달랬었다.

세상살이를 하는 동안 알게 모르게 내가 지은 죄가 얼마나 많은가! 하느님께서 죄를 보속할 수 있는 기회를 어머님을 통해 나에게 주셨다는 생각이 들면서 감사한 마음으로 어머님을 대할 수 있었다. 정말 힘들고 어려웠지만, 곁에서 고맙다며 힘이 되어준 남편의 사랑이 있었기에 그 길고 힘든 터널을 지날 수 있었다. 사랑은 인생의 어렵고 힘든 고비를 이겨낼 수 있는 힘이 된다는 교훈을 깨달았다.

내가 모시는 것만이 효도가 아니고 요양원이나 전문병원에 모시고 자주 찾아뵙는 것도 좋은 방법이라고 간병인이 귀띔해 주었다. 자손 없이 애태우며 속앓이하며 살아온 어머님의 마음을 풀어 드리고 사랑하며 살고 싶었는데 못다 한 사랑이 못내 아쉬웠다.

15년이란 긴 세월을 힘들게 살다 가신 어머님 생각에 가슴이 저려온다. "너도 먹으려무나." 하시던 말씀이 그리워진다. 항상 남에게 주시기 좋아하시던 모습만 남기고 다른 기억들은 지워 버리고 싶다.

어머니, 하늘나라에서는 행복하세요! 명복을 빕니다.

그리움

어릴 적 살던 고향 마을은 숲이 우거진 낮은 언덕으로 둘러싸여 있는 농촌 마을이다. 앞으로는 넓은 들이 펼쳐있고 푸르른 보리밭은 녹색 물결이 출렁인다. 아카시아꽃 향내, 하얀 찔레꽃의 청초한 향기로움이 코끝에 스치는 아름다운 고향 풍경이다. 뒷산에는 참나무, 밤나무가 빼곡하게 자라고 있어 도토리와 알밤을 줍던 어린 시절의 즐거운 추억이 있는 곳이다.

정월 대보름달을 보고 소원을 빌면 이루어진다는 말을 믿고 보름달 마중하러 뒷산에 올랐다. 산마루로 살며시 떠오르는 달님 앞에 두 손을 합장하며 소녀는 소원을 빌었다. 누가 가르쳐준 것도 아니고 시킨 것도 아닌데 그렇게 하면 소원이 이루어질 것 같았다. 온 가족이 소원하는 남자 동생을 보게 해달라며 간절한 마음으로 소원을 빌었다. 생각날 때면 달려가보고픈 마음이지만, 지금은 산업단지가 들어와서 너무 많이 변했다. 이제는 마음속에 간직한 옛 추억의 고향으로 남게 되었다.

6 · 25가 시작되던 해에 나는 초등학교에 입학을 했다. 학교까지는 산길로 4km나 되어서 어린 나이에 다니기 벅차련만, 길가의 노란 민들레의 웃는 모습을 보며 콧노래도 부르고 진달래와 철쭉꽃 사이를 뛰어다녔다. 할미꽃으로 족두리를 만들어서 놀며 힘든 줄 몰랐다. 이름 모를 풀들이 바람에 실려 춤추는 곳에서 빨갛게 익은 산딸기를 만났다. 따 먹는 재미는 횡재를 만난 기분이었다. 배가 고플 때는 시엉을 입에 물고 씹어 보기도 하고 진달래 꽃잎을 따먹기도 했었다. 도시 아이들이 누릴 수 없는 시골 학생들만의 즐거운 추억이었다.

학교 바로 앞에는 큰 개울이 있었다. 버드나무에 물이 오르면 버들강아지가 아주 귀엽게 피어난다. 버들피리를 만들어 불어 보았다. 내가 만든 피리는 소리가 잘나지 않아서 마음이 많이 상했지만 친구가 만들어준 버들피리는 '삑삑 삐리리' 소리가 잘 난다. 불다보면 금새 기분이 좋아진다. 장마철이 되어 개울의 외나무다리가 떠내려가면 동네 어른들이 나와서 어깨 위에 올려놓고 건네주기도 하한다. 큰 애들은 손에 손을 잡고 떼를 만들어 건너가는 진풍경이 벌어진다. 겁도 나고 조마조마 하지만 스릴도 만점이었다. 건너와서는 안도의 한숨을 쉬면서 즐거운 마음으로 학교로 향한다. 지금은 큰 다리도 놓이고 가까운 곳에 학교도 생겼다.

몇 해 전에 체육대회가 있어 모교에 갈 기회가 있었다. 운동장에 오래된 은사시나무가 반갑게 맞아주었다. 허공을 떠받치듯 우람하고 당당히 서 있는 모습에 고개가 절로 숙여졌다. 많은 세월을 지나오면서 우리들의 발자취가 켜켜이 쌓여 있을 것이다. 수십 년 동안 많은 학생이 나무 그늘에서 쉬어가고 만남과 헤어짐을 가졌다. 희로애락을 함께 하였으니 은사시나무는 많은 추억을 간직하고 있으리라. 언제쯤 우리 귀가 열려 그 은밀한 이야기를 들을 수 있을까. 친구처럼 다정스럽고 인자했던 선생님의 얼굴, 친구들이랑 사방치기 하며 다투었던 기억들, 물이 새는 두레박으로 물을 퍼 올렸는데 물이 남아 있지 않아 안타까웠던 일… 달리기에서 상을 타지 못해 운동장 한복판에서 뒹굴었던 이야기를 하면서 배를 움켜쥐고 웃었다. 나무 그늘에서 감자를 나누어 먹으며 정다웠던 친구들은 지금 무엇을 하고 있을까? 보고 싶다.

화장실이 있었던 곳을 지나가는데 불현듯 1학년 때 언니 교실 앞에서 언니를 부르며 울었던 일이 생각나 웃음이 나왔다. 내가 화장실이 무서워서 못 간다고 하자 언니는 화장실 뒤에서 볼일을 보라 했다. 나는 선생님이 그러면 안 된다고 했다며 막무가내로 떼를 부렸다. 언니는 난처해서 쥐어박고 싶었다고 했다. 지금도 자매끼리 모일 때 가끔 그 소리를 하면서 웃기도 한다. 산처럼 어질고 덕이 있는 언니가 있어 늘 든든하다.

밀려가고 밀려오는 문화 속에서 우물도, 화장실도 현대식으로 교체되었다. 교육 환경이 정말 좋아졌다. 많이 발전한 모습을 보며 다시 학교에 다녔으면 좋겠다는 생각이 들었다. 배고파하면서 살 때

보다 물질적인 풍요로움은 있지만, 이기적이고 남을 배려하는 마음이 줄어든 것 같아 안타깝다. 네 것 내 것 따지지 않고 서로 나누던 우정이 퇴색되어가는 것이 아쉽기만 하다.

  세월의 인고를 이겨낸 표정인 주름진 얼굴을 들어 저녁노을을 바라보니 서글픔으로 다가온다. 행복의 문 하나가 닫히면, 다른 문이 열린다. 그런데 우리는 닫힌 문을 바라보느라 새로 열린 문을 보지 못한다(헬렌 켈러, 행복의 문)는 말과 같이 덧없이 지난 세월은 접어두고 지금이라도 꼭 해보고 싶었던 일을 하나씩 실천해 가야겠다. 지금까지 지내온 날들을 돌이켜 보며 세상일에 묻혀 잃어버린 나를 찾아가는 삶을 살아보는 것이다.

늪

　'늪' 하면 헤어나기 어려운 형편이나 그런 어려운 사정에 흔히 비유적으로 쓴다. 사람은 한번 수렁에 빠지면 헤어 나오기가 어렵다. 우리는 살아가면서 빠져나오려고 몸부림을 치면 오히려 더 깊이 빠져들 수 있는 늪을 만나기도 한다. 거미줄에 걸려든 곤충이나 개미귀신이 파 놓은 함정에 떨어진 벌레를 보면 몸부림칠수록 속절없이 발목이 잡힌다. 특별한 방법이 없다.

　초등학교 때 고기를 잡으러 갔다가 수구멍이 있는 줄 모르고 친구가 물웅덩이에 빠져 혼쭐이 난 적이 있다. 아무리 나오려 애를 써도 한 발자국도 옮길 수가 없었다. 여러 명이 잡아당겨도 꼼짝도 하지 않는다. 겁이 나기 시작해 울며 소리치자 지나가던 아저씨가 도와주셨다. 급히 빠져나오려 하지 말고 몸의 힘을 다 빼고 천천히 한쪽 발을 들어 올리고 다른 쪽 발도 천천히 들어 올리라 하시면서, 나를 힘껏 잡아당겨 가까스로 위기를 모면했다. 경험에서 우러난 지혜로운 생각이었다. 사람이 사는 주변 곳곳에는 늪이라고도 불리고 수구멍 이라고도 말하는 함정이 있다. 사람이 살아가다 보면 차이는 있지만, 환경에 따라 그러한 함정을 만나기도 한다.

　길을 가다 갑자기 천둥 번개를 동반한 폭우를 만난다든지 불어
난 계곡물을 건너게 될 때도 있다. 나는 초등학교 시절 장마철이
되면 학교 앞에 있는 개울물을 건너 학교에 다녔다. 물이 허벅지까
지 차오르면 발아래 밟히는 모래가 금방 쓸려나가서 몸이 균형을
잃고 뒤뚱거리게 된다. 내 의지로는 버텨내기가 쉽지 않았다. 요즈
음 같은 자동차의 홍수 속에서 갑작스러운 교통사고도 피할 수 없
는 늪이 되어 큰 어려움을 겪는 수가 있다. 마음으로는 그런 일이
없기를 바라지만 느닷없이 발목이 잡힐 때가 있다.

　아이들이 대학을 졸업하고 자리를 잡자, 나는 이제 취미 생활도
하고 나를 위한 시간을 가지며 하고 싶었던 공부도 해야지 하는 생
각에 마음이 설레었다. 그러던 어느 날, 느닷없이 발목을 잡히고 말
았다. 속정이 깊으신 시어머님의 행동이 심상치 않았다. 조금 이상
하다. 아들 손자에게도 존댓말을 하고, 사돈이 왔는데도 못 알아보
신다. 저 노인은 누구인데 왜 빨리 가지 않느냐는 등 평소와 다른
행동을 하시어 병원을 찾았더니 의사 선생님이 치매 초기라고 해
너무 놀랐다. 사람을 잘 알아보지 못하시더니 이제는 신발도 신지
않고 몰래 집을 나가 찾아오지를 못하니 잠시라도 보살핌을 게을
리 했다가는 큰 낭패를 본다. 한때는 삼키는 것을 잊어버려서 며칠
을 물 한 모금 마시지 못해 병원에 입원한 적도 있다. 치매란 병원
에 입원해서 치료한다고 효과가 있는 것도 아니고 한 단계씩 더 진

행되는 병이다 보니 안타까웠다.

　내 생활이 뜻밖에 늪에 빠진 일상이라고나 할까. 나를 위해 누리려던 자유는 접고 모든 것을 어머니께 맞추며 생활을 하다 보니 이 일에 발목을 잡히고 말았다. 늪에 빠졌을 때 빠져나오려 허우적거리면 더 깊이 빠져들어 악화 된다. 현재 상황에서 탈출할 수 없다면, 그저 담담하게 현실을 받아들이고 마음을 다스리며 살아가야 한다는 것을 깨달았다. 나와 나와의 기약 없는 힘든 싸움이라는 것도… 늦은 밤 생각이 많아 잠이 오지 않는다. 달님은 온 세상 구석구석 모두를 사랑해서 아낌없이 밝게 비추어 주며 내 곁으로 살포시 내려와 나의 마음을 보듬어 주며 속삭인다. 더 많이 사랑하라고, 치매 어머님까지도…… 이럴 때는 누군가 조금만 마음을 얹어 준다면 마음까지 늪으로 빠져들지 않을 것 같다. 내가 살아오는 동안 알게 모르게 잘못 생각하고 행동한 일들이 얼마나 많았을까? 나를 성찰하는 시간을 가지는 기회라고 생각하며 마음을 추슬러본다.

> 청산은 나를 보고 말없이 살라 하고
> 창공은 나를 보고 티 없이 살라하네
> 사랑도 벗어 놓고 미움도 벗어 놓고
> 물처럼 바람처럼 살다 가라하네

　당나라 한산 스님의 시 〈청산에 살리라〉를 조용히 마음속으로 읊조려본다. 늪에 빠져 허우적거리는 나에게 많은 위로와 마음의 중심을 잡아 주어 어느새 마음의 평정을 찾게 되었다.

　글이 이처럼 감동으로 다가와 사람의 마음을 기쁘게도 슬프게도
하고, 사람의 마음을 움직이는 큰 힘이 있음을 새삼 느껴본다. 어떤
괴로움도 어떤 즐거움도 결국은 다 지나가리라는 이 말을 새기며
늪에서 헤어날 수 있었다. 세상을 살아가는 우리에게 너무나 힘이
되는 말이다. 어머님 제삿날이 가까워져 오니 손수 만들어 주시던
보드라운 칼국수가 그리워진다.

보약 같은 사람

가을은 풍성하면서도 때로는 우울하기도 하다. 단풍의 고운 잎이 어느새 낙엽이 되어 한잎 두잎 바람에 흐느끼듯 휘날린다. 그 모습이 오늘따라 더 쓸쓸해 보인다. 세월 이기는 자 없다고 이마에 늘어만 가는 주름살을 마다한들 소용이 없다. 몸도 마음도 더 낡아져서는 안 되겠다고 몸부림을 쳐 보지만 세월을 주체할 수 없어 서러워만 진다. 겉으로는 평온한 척해보지만 앞으로 내가 무엇을 할 수 있을까 생각하며 여기저기 기웃거려 보지만 신통한 게 없다. 세월의 파도에 밀려 허우적거리는 내 모습을 본다. 그래도 보약 같은 남편이 내 곁에 있다는 것은 얼마나 다행인가.

삼십 대의 젊은 나이에 우연히 당뇨 진단을 받았다. 당혹스럽고 너무 억울하다는 생각이 들었다. 하필이면 왜 나에게 이런 병이 왔을까 분노가 치밀었다. 당뇨란 인슐린 분비에 문제를 일으켜 먹는 음식을 제대로 활용하지 못하게 한다. 일상생활 속에서 혈당을 조절해야 하므로 식이요법과 운동으로 관리를 해야 하는 힘든 병이다. 당뇨에 대한 지식이 없었던 나는 밥만 적게 먹으면 되는 줄 알았다. 밥을 풀 때 남편이 옆에 서 있으면 나도 모르게 밥주걱을 꾹 눌러 밥을 푸던 내 모습을 생각하면 지금도 눈시울이 뜨거워진다. 이 설움 저 설움 중 배고픈 설움이 제일이라고 하시던 어른들의 말씀이 가슴에 와 닿았다.

혈당을 낮추려고 밥을 적게 먹고 아침저녁으로 열심히 운동을 했다. 그런데 혈당조절은 잘 되었지만 면역력 결핍으로 대상포진에 걸리고 말았다. 얼마나 심했던지 병원에 입원까지 했다. 후유증을 막아보려고 의사 모르게 내 손에 수지침을 놓기까지 했다. 저녁 운동을 못한 어느 날, 잠자리에 들려다가 일어나 캄캄한 학교 운동장으로 달려 나갔다. 서둘러 운동을 마무리하다 그만 돌에 걸려 넘어져서 크게 다쳐 움직일 수가 없었다. 집에 연락할 수도 없어 물끄러미 밤하늘만 바라보았다. 별이 빛나는 밤하늘은 정말 아름다웠다. 일렁이는 은빛 파도에 어머니의 얼굴이 어른거린다. 기쁘거나 힘들거나 아플 때 그 이름 부르기만 해도 위로가 되는 엄마라는 존재, '엄마, 어머니' 울컥 울음이 터지다가도 어머니만 보면 미소를 머금을 수 있었는데 보고 싶다. 꿈 많던 소녀 시절 하늘에 별이 되고 싶었던 적이 있었다. 은하수 저편에는 근심 걱정 없이 잔잔한 평화가 흐르고 있을 것만 같았다. 별들이 소곤대는 소리를 마음으로 듣고 있을 때 남편이 찾아왔다. 올 시간이 지났는데 오지 않아 궁금해서 찾아왔단다. 반갑기도 하고 서러운 마음에 눈물이 왈칵 쏟아졌다.

적을 알아야 이길 수 있다고 하지 않던가. 당뇨에 대한 지식을 얻기 위해 당뇨 세미나, 대학병원 당뇨 교실, 각종 서적을 통해 정보를 얻기 위해 분주하게 움직였다. 당뇨로부터 탈출해 보겠다는 생각에 열심히 노력해 보았지만 쉽지는 않았다. 균형 잡힌 식사와 적당한 운동이 필수라 하지만, 넘쳐도 안 되고 그렇다고 모자라면 저혈당이 와서 괴로웠다.

나는 시행착오를 거듭하면서 힘든 삶을 살아오느라 지쳐 있었다. 남편은 시린 손을 잡아주며 사랑한다는 말을 아끼지 않았다. 나는 사랑한다는 말도 고맙다는 말도 하지 못하고 바라만 보며 눈물만 글썽였다. 살포시 나를 안아주며 건강을 지키기 위해 열심히 노력해줘서 고맙다고 한다. 무엇하나 다잡지 못하고 어정쩡하게 살아온 내 모습에 후회만 남는다. 내가 실수를 할 때마다 당신은 잘 할 수 있다며 용기를 주었다. 힘들어할 때는 위로의 말로, 절망할 때는 조금만 참고 노력하자고 했다. 절망하여 쓰러질 것 같을 때도 좋은 약이 나올 때까지 참고 견디자며 희망을 준 사람도 남편이었다. 그래도 남편을 위해 식사 준비를 할 수 있다는 것에 감사하며 남편의 마음에 옹이를 만들지 않았나 하는 생각에 항상 미안했다.

이제 은발의 남편을 위해 건강한 밥상을 정성껏 차리고 노년을 같이 즐길 수 있도록 나의 건강을 더 열심히 지키기로 마음을 다잡아 본다. 가장 소중한 약속은 나 자신과의 약속이다. 식이요법으로 지치거나 운동을 하기 싫고 게을러질 때면 나 자신과의 약속을 떠올리며 벌떡 일어나 즐거운 마음으로 운동을 열심히 한다. 아침에 눈을 뜨면 제일 먼저 만나는 사람, 사는 날까지 같이 가요. 보약 같은 님이여…….

달이 차고 기우는 모습처럼 겸손히 받아들일 수밖에 없는 것이 우리의 삶이다. 인생의 끝자락에서 낙엽 쌓인 거리를 거닐다가 눈물 한 방울을 뚝 떨어뜨리고 말았다. 다가오는 이별 앞에 저녁노을이 어느 때 보다 아름답다. 땀으로 얼룩진 삶을 돌아보면 얼마 남지 않은 세월이 안타깝기만 한 것은 아니다. 자기에게 주어진 생을 최선을 다해 살고 아름다운 모습을 남기고 떠나는 낙엽의 모습이 무의미해 보이지만은 않는다.

나 대신 아파줄 사람은 없다

　살아가면서 건강 걱정만 안하고 산다면 얼마나 좋을까. 건강이 행복 가운데 가장 큰 행복이다. 새해가 되면 누구나 신년 계획을 세운다. 꼭 실천하겠다는 다짐으로 시작하지만, 실천하느냐 못하느냐는 나중 문제다. 모든 사람의 신년 계획에서 빠지지 않는 것이 건강이다. 우리는 몸과 마음이 다 건강하기를 바라며 산다. 몸과 마음이 마음대로 되지 않을 때 행복과 멀어진다고 생각하기 때문이다.

　어느 날 갑자기 허기증이 나고 몸무게가 급격히 빠져서 병원에 갔다. 당뇨라고 진단받았지만, 당뇨병이 어떤 병인지 잘 몰랐다. 식사량만 줄이고 적당히 운동하면 되겠지 하고 생각했는데 혈당이 점점 올라갔다. 당뇨는 혈당이 높아져서 생기는 합병증이 더 치명적이라는 것을 알게 되었다. 지피지기면 백전불패란 말이 있듯이, 병을 알아야 이길 수 있다는 생각이 들었다. 건강에 대한 서적과 각종 세미나, 운동 프로그램, 건강 식단 등 여러 정보들 열심히 수집해가며 실천을 시도했으나 쉬운 일이 아니었다. 결국 면역력 결핍으로 대상포진이 와서 고생을 많이 하게 되었다. 불균형한 식사와 지나친 운동이 해롭다는 것을 간과한 것이 화근이었다. 지난날 내게 주어졌던 아픔과 시련이 물러가기도 전에 허리와 다리에 심한 통증이 왔다. 수술은 뒤로 미루고 우선 주사와 약으로 통증을 줄이려했다. 운동으로 근육을 키워 보려고 노력했지만 몇 날을 방황하며 보냈다.

생명의 끈을 부여잡고 번민하며 갈등과 고통 속에서 몸부림치던 꽃마을 환우들의 모습이 떠올랐다. 아픔과 상처를 지니고서도 의연함을 잃지 않고 기도하던 모습을 생각하며 나를 돌아봤다. 다른 사람들의 더 큰 아픔을 보면서 내 자신이 부끄러워졌다. 병명을 알수 없는 질병에 시달리는 어린이들과 교통사고로 몸의 자유를 잃어버린 사람들이 삶을 거머쥐기 위해 안간힘을 쓰는 모습이 나에게 용기를 주었다. 구원의 손길을 기다리는 그들에게 나도 모르게 전화기를 들어 희망을 보낸다.

어떤 죽음을 보면서 우리는 좀 더 살았으면, 좀 더 세상에 남아있었으면 하는 사람이 있다. 세종대왕이나, 56세에 세상을 떠난 애플사의 창업자이며 스마트폰의 시대를 연 스티브 잡스도 그 중 한 사람이다. 그가 건강에 관해 남긴 한마디가 있다. "나 대신 차를 운전할 사람도 있고, 나 대신 회사에 돈 벌어줄 사람도 구할 수는 있다. 하지만 나 대신 아파줄 사람을 구할 수는 없다." 역시 천재 스티브 잡스다운 표현이고, 건강의 중요성과 누가 대신해 줄 수 없는 대체 불가를 실감 나게 표현하고 있다. 몸이 견디지 못하면 인생 자체가 무너진다. 어느 의사가 "다른 사람이 걸린 3~4가지의 암보다 내가 앓고 있는 가벼운 소화불량 증세가 훨씬 심각하고 중요하게 여겨진다."고 한 말은 진리다. 그리고 "항상 면역력이 떨어지지 않게 유지해야 한다."는 말은 진짜 진리라고 생각한다. 만병이 면역력 저하에서 온다는 설명에 공감한다. 건강해지려면 면역력을 높여야 한다. 어릿어릿 초점이 틀리는 물체처럼 중심을 잃고 허둥대는 나를 보게 된다. 손끝이 어눌해지며 잔글씨가 엎드린 개미처럼 보인다. 자연으로 돌아가려는 내 몸의 변화를 속일 수는 없다.

나는 면역력을 높이기 위해 만보 걷기, 요가, 균형 잡힌 식사, 녹황색 채소 먹기, 스트레스 풀기, 충분한 수면을 해야 한다고 계획을 세웠지만 그대로 실천하기란 쉽지 않았다. 하지만 계획 없이 생활하는 것보다 목표를 향해 가까이 가려고 노력을 했다. 핸드폰에 만보기 앱을 깔아놓고 걷는 양을 수시로 체크하고, TV 볼 때는 무릎을 가슴까지 올리면서 제자리 걷기를 했다. 사람의 건강을 좌우하는 것은 뭐니 뭐니 해도 입으로 들어가는 음식이다. 생각없이 먹는 인스턴트식품은 우리 몸을 해롭게 한다. 식사도 골고루 먹으려고 접시에 먹을 양의 야채를 담고, 단백질은 식품 중에서 한 가지라도 먹으려 노력한다. 점심에 외식이 있는 날은 아침과 저녁의 식사량을 조절해서 하루 칼로리를 맞추려고 한다. 가능하면 외식을 피하고 하루에 혈당을 5~6회 잰다. 고민하면서 먹었을 때와 생각 없이 먹었을 때는 혈당 수치가 아주 다르다. 수면 시간을 정해놓고 노력하지만 희망하는 대로 잘 조절되지 않을 때도 있다. 그래도 해야만 한다.

우리 몸은 단지 보여주기 위해 존재하지 않는다. 요가를 하면서 흰 머리와 주름살은 늘지만 나이가 들어도 유연성은 계속 좋아진다는 것을 알았다. 조금만 걸어도 쉬었다 걷던 것을 40분을 걸을 수 있게 되었다. 나에게 존재하는지 조차 몰랐던 자신감이 생겼다. 나는 신체단련이 마음의 성형수술과 비슷하다는 걸 깨달았다. 보여주는 몸이 아닌 어디까지 폭넓게 움직일 수 있는 기능을 하는 몸으로 시선을 교정하면 건강 역시 변한다. 건강은 인생을 변화시킬 수 있다고 생각한다.

뇌는 현실과 생각을 곧잘 착각한다고도 한다. 건강에 좋은 말과 습관으로 나 자신에게 감사하며 살기로 했다. 이제는 병마와 싸워 이기려 하지 않고 친구처럼 잘 지내련다. 네가 이렇게나마 나를 지켜주고 있어 고맙다. 마음에 병이 생기지 않도록 도와주는 말과 스트레스를 없애는 말을 훈련하며 긍정의 말 습관을 익혀야겠다. 건강에도 시간 투자와 노력이 필요하다. 결과에 연연하지 않고 순리에 따르기로 했다. 행복과 불행은 모두 내가 만드는 것이다. 내가 마지막에 가져갈 수 있는 것은 오직 사랑으로 점철된 추억뿐일 것이다.

뼛가루의 침묵은 범접할 수 없는 적막 속에서
세상과 작별하고 있었다.
금방 있던 사람이 없어졌는데 뼛가루는 남은 사람들의
슬픔이나 애도와는 상관없이 편안해 보였다.

5부

먼 듯 가까운 죽음

목화밭에서

배려의 향기

말의 힘

오가피

먼 듯 가까운 죽음

돌모루 둘째 형님

목화밭에서

어제 핀 목화꽃은 크림색이었는데 오늘은 분홍색이 되었고, 시간이 지날수록 점점 더 짙은 핑크빛을 띤다. 장미꽃이나 백합처럼 화려하지도 않고 향기도 없지만 소박하고 다소곳한 그 은은한 미소가 나의 마음을 머무르게 한다. 목화는 사오월에 파종하고 7~8월 하순에 꽃이 피며 9~10월에 수확한다. 자가 수정을 한 후 자방이 발육하여 과실이 되는 것을 다래라고 한다. 먹을거리가 귀하던 시절 학교에서 집에 오는 길목 산비탈에 목화밭이 있었다. 누가 볼까 살금살금 기어들어가 아직 여물지 않은 목화 다래 한 움큼을 따가지고 나온다. 두근거리는 가슴을 쓸어내리고 안도의 한숨을 쉬며 몰래 따 먹던 달착지근하고 부드러운 그 맛을 지금도 잊지 못한다

우리 어렸을 때는 겨울이 무척 추웠던 것 같다. 목화실로 만든 옷은 땀 흡수력이 좋고 부드러운 촉감으로 우리를 추위로부터 막아준다. 추운 겨울 솜이불로 우리를 감싸주어 건강과 행복을 선사한다. 목화씨는 기름이나 사료, 비료로 쓰이나 현재는 나일론 등 섬유기술의 발달로 목화재배를 거의 하지 않지만, 천연소재의 제품으

로 각광을 받는 추세다. 목화가 우리나라에 들어오기 전에는 사계절 내내 삼베옷을 입고 살았다. 문익점은 원나라에서 겨울에 목화 솜옷을 입고 따뜻하게 지내는 것을 보고 불쌍한 우리 백성들을 생각하여 위험을 무릅쓰고 목화씨를 붓두껍 속에 몰래 넣어 왔다고 한다.

딸 부잣집 우리 어머니는 목화를 심고 한여름 무더위에 비지땀을 흘려가며 열심히 목화밭을 가꾸셨다. 머리에 수건을 둘러쓰고 뜨거운 햇볕도 아랑곳하지 않고 목화밭에 김을 매셨다. 지나가던 동네 사람이 "아주머니 이 더위에 무엇 하세요?"하고 물으면 웃으면서 "사돈네 밭에 김매네." 하셨다. 어머니는 당신 삶의 밭도 함께 매시지 않았나 싶다. 오직 딸에게 당신이 만든 목화솜으로 따뜻한 이불을 만들어 시집보내려는 마음뿐이었다. 하여 목화꽃의 꽃말은 '어머니의 사랑이다.' 라고 하는가 보다. 전쟁의 어려움 속에서 자신을 희생하여 딸을 살린 어머니의 무덤에 피어난 꽃이라는 전설도 전해지고 있다. 옛적에는 목화씨를 시집가는 딸의 가마에 가지고 가던 요강에 넣어 주기도 했단다. 딸의 소변보는 소리가 가마 밖으로 새어 나가지 않게 하기 위해서다. 씨앗이 귀하던 때 세간 밑천으로 씨앗을 보내려는 뜻이 숨어 있었는지도 모르겠다. 조상들의 슬기로운 지혜가 엿보인다.

목화나무 잎이 단풍이 들기 시작하면 열매도 같이 단풍이 든다. 다래는 둥글거나 달걀 모양을 하고 있으며 끝이 뾰족하고 표면에는 홈 모양의 무늬가 있다. 어느 날 열매가 서너 개의 칸으로 쫙 벌어지면서 마치 마술을 부리듯이 하얀 솜꽃이 피어난다. 눈이 부시도록 솜꽃이 활짝 핀 목화밭을 걷는다. 어머니의 품속 같은 따스함과 푸근함이 느껴진다. 이 세상 모두를 사랑하고 싶은 따뜻한 마음이 된다. 이때부터 아낙네들의 일손이 바빠지기 시작한다. 목화를 따는 손가락 사이로 옛날 추억이 흐르고 고달픈 삶이 스치고 지나간 이야기가 끝이 없다. 어느덧 바구니에 소담스런 목화가 가득하다. 가지와 잎새 사이의 다래 속에 핀 하얀 솜꽃은 금방이라도 하늘에 뭉게구름이 되어 두둥실 날아오를 것만 같다. 된서리가 내리기 전까지 자연히 벌어져 터진 다래에서 수확한 목화솜을 '적채면'이라 하는데 제일 품질로 친다. 무서리가 내려 나무를 뽑아 양지바른 곳에 널어놓으면 꽃으로 피지 못한 것도 햇볕의 너그러운 사랑을 받으면 다시 솜꽃으로 피어난다. 언덕에 앉아 목화를 따며 도란도란 나누는 이야기가 즐겁다. 다래 속에서 아직 피어나지 못한 것은 손가락으로 다래를 벌리면서 꺼내기도 하는데 뾰족한 끝에 손을 찔려 상처가 나기도 한다.

목화를 따서 잘 말린 뒤 씨를 제거한 후 이불솜을 만든다. 다시 고치말기, 실잣기, 물레질 등 어머니의 고단한 손길을 거쳐 실을 만들어 옷감 짜는 일은 정말 힘든 일이었다. 나는 어머니가 옷감 짜는 베틀아래 들어가 놀다 잠이 든 적도 있었다. 시집올 때 만들어주신 두터운 솜이불을 지금은 사용하지 않는다. 하지만 어머니의 정성과 사랑을 생각하면 버릴 수가 없었다. 커다란 요를 만들어 가족이 모일 때 요긴하게 사용하면서 어머니의 손길을 느껴본다. 과거시험에 꽃을 두 번 피우는 꽃이 무엇이냐는 문제가 있었는데 바로 목화였다고 한다. 하얗게 핀 목화솜을 꽃으로 즐긴 조상들의 여유가 부럽다. 목화가 힘들게 피운 모든 것을 우리에게 아낌없이 주는 것을 보면서 주어서 기쁘고 받아서 즐거운 삶을 살아야 한다는 지혜를 배운다. 목화솜 속의 목화 씨앗이 다음해 봄을 꿈꾸며 솜털에 쌓여 기다리듯이 나도 행복한 내일을 꿈꾸며 살아야겠다.

배려의 향기

　무더위와 곳곳에서 일어났던 물난리로 힘들었던 여름이 서서히 물러선다. 어느새 가을바람이 소리 없이 불어오고 있다. 가을은 아침저녁으로 살며시 보일 듯 잡힐 듯 부는 바람처럼 다가왔다. 문득 달빛 물든 연못가에서 노래하는 풀벌레와 귀뚜라미 소리가 정겹게 들려 올 것만 같다. 황금 들녘에 누렇게 익어가는 고개 숙인 벼 이삭을 바라보며 지난해 가을걷이하던 생각에 풍요로운 마음이 되어 가슴이 설렌다. 길을 나서면 빨강 하양 분홍의 코스모스들이 바람에 흔들리며 가을이 왔다고 인사를 건네는 것 같다. 봄에 작은 고추 모를 심었는데 잘 익은 빨간 고추가 가을 이야기를 들려준다. 1m도 되지 않는 고추나무에 작고 앙증맞은 흰 꽃이 피더니 파란 열매가 주렁주렁 많이도 달렸다.

　어느새 빨갛게 익은 고추를 보면 신기하기도 하고 자연의 신비가 느껴지기도 한다. 열매가 우리에게 손짓하는 가을의 뜨락에 서면 우린 모두가 겸손하고 아름다운 마음이 되는 것 같다. 고희를 넘겼지만 모든 일에 관대하지 못하다. 옹졸하고 편협하기 그지없는 이 마음이 가을이 되니 더 깊이 보인다. 방황하고 서성이던 마음을 제자리에 앉히고 싶고 설익은 사랑도 익히고 싶어진다. 이기심의 그늘에 가려 떫고 신맛이 나는 내 마음을 너그러움의 햇볕으로 잘 익혀 단맛이 돌게 하고 싶다. 아주 사소한 것일지라도 다른 이를 생각하고 배려하는 모습은 늘 아름답다. 고추를 널어놓고 외출을 했다가 갑자기 소나기가 세차게 내려 걱정을 많이 했는데 집에 돌아와 보니 고추가 뽀송뽀송한 얼굴로 나를 맞이한다. 비를 맞지 않게 고추를 옮겨 놓아 준 고마운 이웃의 손길이 있었던 것이다. 사소한 배려 같지만, 그 향기가 오래도록 나의 마음에 남아 있다.

얼마 전 꽃동네를 방문한 적이 있었다. 신을 벗어 신장에 넣으려고 하는데 몸도 마음도 불편해 보이는 청년이 다가와 신을 빼앗듯이 받아 든다. 신발 정리는 자기가 하는 유일한 봉사라고 했다. 불편한 몸으로 종일 봉사하기가 힘겨울 것 같아 보이는데 천진스럽게 히죽 웃으며 신발 봉사가 즐겁다고 했다. 불편한 몸이지만 작은 것이라도 다른 사람들과 나누려는 아름다운 마음이 애틋해 보였다. 나는 이웃에게 어떤 봉사를 하였는가를 생각하게 했다.

어느 날 힘들고 지쳐 있을 때 빨아 놓고 미처 거두지 못한 옷들이 가지런히 정돈되어 제 자리에 놓인 것을 보았을 때의 그 고마움을 무엇에 비길 수 있을까. 이것저것 야박하게 따지거나 계산하지 않고 언제나 남을 먼저 생각하고 배려하는 사람이 함께 있어 행복하다. 우리 주변에 숨어서 묵묵히 향기를 풍기는 들꽃 같은 사람들이 더욱더 많아지면 이 세상도 그만큼 향기로 채워질 것이다. 가장 가까운 이들끼리도 서로에 대한 사소한 배려가 부족해서 서운함이나 쓸쓸함이 의외로 많은 듯하다. 나보다는 좀 더 상대방의 마음을 민감하게 살피고 배려하는 사랑을 익히고 싶다. 그리고 나의 것이 되도록 꾸준히 연습하자고 마음속 수첩에 적어두니 가을 하늘이 더 맑고 푸르게 느껴진다. 언제나 변함없이 따뜻한 배려를 잊지 않는 친구의 모습은 항상 내게 감동을 준다. 나도 누군가에게 그런 따스한 향기로 기억되고 싶다.

말의 힘

남의 입에서 나오는 말보다 자기 입에서 나오는 말을 잘 들으라고 탈무드에서 말하고 있다. 우리 속담에도 '말이 씨가 된다.' 라는 말이 있다. 또 '웃느라 한 말에 초상난다.' 라는 말도 있는데 이 말은 의미는 빈말이라 하더라도 입에서 떨어져 나간 말은 살아 움직이면서 힘을 발휘한다는 것이다. 말씨 하나가 수천 수억의 사람을 죽일 수도 있고 살릴 수도 있다고 생각하니 섬뜩해진다.

언어의 실체를 모르면 해일의 기습처럼 꼼짝없이 당하고 만다. 하지만 그 속성을 알면 그 기류에 편성하여 엄청난 힘을 부리는 자유를 누릴 수도 있다. 유대인의 집단 학살 현장인 폴란드의 아우슈비츠를 다녀온 적이 있다. 끌려온 사람들의 신발 더미와 머리카락 뭉치만 모아 놓은 방, 인체 해부실험실, 지하 가스실과 화장터, 교수대 등을 둘러보았다. 어떻게 이런 엄청난 일이 일어날 수 있었을까? 의구심이 생겼다. 설명을 들을수록 인간의 잔혹함에 소름이 돋으면서 몸서리가 쳐졌다. 아우슈비츠 사건은 무엇보다도 독일 사람들의 양심에 가장 큰 충격을 주었다고 한다.

1933~1945년까지 12년 동안 히틀러에 의해 죽임을 당한 1,100만 명이라는 숫자는 믿기지 않을 정도다. 오랜 시간이 지난 후 히틀러는 그의 자서전 '나의 투쟁'에서 엄청난 만행을 저지를 때 거짓말을 이용했다고 고백했다. 히틀러 일당이 음모했던 거짓 시나리오는 '유대인들이 독일의 모든 기득권을 빼앗아 가고 있다', '그네들이 독일 사람들이 누려야 할 것들을 가로채고 있다'고 유언비어를 퍼뜨렸단다. 그뿐만 아니라 이와 비슷한 거짓말들을 계속 라디오 방송을 통해 반복적으로 알렸단다. 시민들도 처음에는 설마 그럴 리가 없다며 부인하다가, 계속 반복해서 듣게 되면서 점점 유대인들을 미워하는 마음이 생겼다고 한다. 그렇게 그들은 독일인의 증오심을 폭발적으로 끌어냈다. 그리하여 유대인을 격리하거나 추방시키고 독일 국민들의 신고로 이렇게 엄청난 사람들을 몰아서 죽였다. 거짓말의 위력이 엄청난 비극을 가져왔다. 거짓말과 진실의 게임을 할 때 더 힘든 쪽은 진실이다. 진실이 승리한다고 하지만 치러야 할 희생과 시간이 너무 가혹한 인고를 요구한다.

히포크라테스는 의사에게는 세 가지 무기가 있다고 했다. 첫째는 말이고, 둘째는 메스고, 셋째는 약이다. 메스보다 약보다 더 강력한 치유 효과를 지닌 것이 말이라고 했다. 말에는 천금과도 같은 세 가지의 말씨가 있다. 첫째는 감사의 말씨로 칭찬과 다르고 격려와도 다르다. 감사는 우리 안에 쌓인 모든 부정적인 노폐물을 정화하는 정화제이다. 감사하는 마음의 상태가 되면 우리 마음이 긍정적으로 변화한다. 두 번째는 축하의 말씨다. 축하한다는 말은 상생의 언어요 화합의 언어다. 축하는 우리에게 힘과 에너지를 선물한다. 마지막은 희망의 말씨다. 긍정적인 미래는 부정적인 언어에서는 탄생하지 않는다. 희망의 언어에서만 밝은 미래가 탄생한다. 열 개의 부정적인 말을 들을 때 긍정적인 말은 하나 밖에 듣지 못하는 것이 우리 현실이다. 그 속에서 자란 아이들은 부정적인 사고를 하게된다. 안타까운 일이다.

긍정적인 언어는 아이들의 무한한 능력을 키워주는 큰 교육적 힘을 발휘할 수 있다. '잘했어, 똑똑해, 괜찮아, 훌륭해' 같은 말이 그런 말들이다. 또 가려운 데를 긁어주는 말로 '도움이 필요하니? 언제든 부탁해, 내가 응원할게.' 같은 말들은 상대방을 배려해주면서 마음을 움직이는 힘을 가진 말들이다. 인간의 본성 중에서 가장 강한 것은 남의 인정을 받고자 갈망하는 것이다. 마크 트웨인은 "나는 칭찬 한마디를 들으면 그것으로 두 달을 살 수 있다."고 말한 것으로 유명하다. 우리가 살아가는 데는 크든 작든 다툼이나 충돌이 일어난다. 이런 갈등을 풀어주는 것 역시 말의 힘이다. 상대방의 마음을 다치지 않게 하면서 내가 말하고자 하는 바를 효과적으로 전달할 수 있는 대화법으로 '나 전달법'이 있다. 십여 년 전 '대화의 기법'이라는 강의를 듣고 실천했었다. 그 덕분에 시어머님을 모시고 살면서 이 방법으로 고부간의 큰 갈등 없이 잘 지낼 수 있었다.

어느 날 모임이 있어서 점심을 먹고 돌아왔는데 전화가 왔다. 친구가 상을 당했다며 같이 조문을 하러 가자는 전화다. 외출했다 이제 막 돌아와 미안한 마음이라 또 나간다는 말이 나오지 않는다. 어디서 온 전화냐고 어머님이 물으셨다. "친구 아버님이 돌아가셨 다고 함께 조문을 하러 가자고 하네요. 어머님이 지금까지 혼자 계 셨는데, 또 나갈 수도 없고, 이따가 애비 오거든 밤에 혼자 다녀오 려고요." 조금 있다가 하시는 말씀이 "어차피 다녀와야 하는데 밤 에 가지 말고 같이 다녀오려무나" 하신다.

한번은 손님을 초대한 날 음식 준비를 하던 중 달걀이 모자랐다. 마침 일 학년 막내딸이 "엄마 배고파" 하면서 들어왔다. "너 많이 배고프지. 손님들 올 시간이 다 되었는데. 달걀이 떨어졌네! 어떡 하지. 우리 딸이 사다 줄 수 있겠니?" 하고 도움을 청했다. 그랬더 니 흔쾌히 "알았어요." 하면서 달려 나간다. 나 전달법이 잘 전달되 었음을 확인하면서 마음속으로 미소를 지었다. 이와 같은 나 전달 법은 가족 누구에게나 친구 이웃 간에도 사용할 수 있는 쉽고도 좋 은 방법이다. 프란치스코 교황은 가정 평화의 비결이 '미안해요' 라 는 말을 하는 것이라 했다. 잠자리에 들기 전 하루를 반성하며 상 대방에게 자기 마음을 전달하라는 뜻일 게다.

사람은 누구나 긍정적인 생각을 하고 싶어 한다. 나름대로 애를 쓰곤 하지만 막상 실망스런 현실이 닥치면 순간적으로 습관성 비 관이나 불평의 말투가 불쑥 튀어나오기 십상이다. 언어가 힘을 발 휘하도록 하려면 생각 속에 가둬두는 것이 아니라 희망의 언어, 감 사의 언어, 용기를 주는 언어들이 무의식중에도 자유롭게 튀어나

올 수 있어야 한다. 그것이 습관으로 굳어지지 않으면 남의 언어다. 나의 언어가 될 때까지 거듭 연습하는 것이 우리에게 남은 즐거움이다. 이제는 새삼 말의 효력에 눈떴으니 말에 공을 들여야 할 때다. 언어 관리를 시작하는 순간 새로운 인생의 첫걸음을 내딛는 셈이다. 위대한 말은 역사를 바로 잡는다. 결정적인 말 한마디가 상황을 반전시키기도 한다. 버릴 말은 버리고 피할 말은 피하며 끌어들여야 할 말은 공들여 익혀 두는 것이 슬기로운 선택이다. 우리의 잘못된 생각과 습관을 긍정적인 생각으로 바꾸어 희망을 주는 언어로 길들여 행복한 사회를 만들어 보도록 다 같이 노력해야 한다.

오가피

마을 사람들과 더불어 오순도순 지내던 너를 벌판으로 옮겨 심고는 자주 가 보지도 못해서 미안했다. 유난히도 추웠던 지난겨울을 잘 지냈나 하고 찾았더니 어느새 연녹색 이파리를 피워 올려 나를 반기는구나. 오가피는 가시가 돋쳐 있어 사람들이 가까이 하기를 꺼리지만, 우리에게 많은 도움을 주는 나무다. 오가피나무를 만나러 가는 길가에 야생화가 앙증맞고 귀엽다. 야생화는 작고 여리지만 밟혀도 다시 일어나 예쁜 꽃을 피우는 강한 모습이 나를 감동시킨다. 칠갑산에서 캐다 심은 나무에 피어난 새순을 따면서 마음은 어느새 추억의 칠갑산으로 달려간다. 산은 사람과 자연이 가장 아름다운 모습으로 만날 수 있는 아주 좋은 곳이다.

오래전에 칠갑산을 지나다 지인이 이곳에 산나물이 많다고 해서 산속으로 들어가 나물을 뜯은 적이 있었다. 이곳에는 표고버섯, 구기자, 취나물이 지천으로 널려 있었지만 나는 다래 순 밖에 몰랐다. 산림이 우거지고 수풀이 많아 발을 옮기기조차 힘들었다. 햇빛에 비치는 다래 순은 청순하고 아름다웠다. 파랗고, 싱싱하게 올라오는 다래 순이 여기도 저기도 얼마나 많던지 가슴이 벅차 두근거렸다. 다래 순 군락지를 만난 것이다. 아무 생각 없이 욕심껏 마구 뜯어 넣어 자루에 가득 채웠다. 맑은 하늘에 한가로이 흘러가는 구름을 보며 한숨 돌리고 보니 어린 싹의 마음을 너무 아프게 한 것 같아 미안한 생각이 들었다. 욕심을 조금 덜 부릴 걸 후회했다.

어디선가 물 흐르는 소리가 들렸다. 기분이 상쾌하다. 세상과 다른 나라에 온 것 같은 포근함이 나를 감싼다. 산속에 흐르는 물에 손을 담가 본다. 마음이 맑아지고 잡생각이 씻겨 나간다. 뱀을 만날까 돌부리에 채일까 조심스레 발아래를 보고 걷다가 발밑에 밟히는 어린 싹을 보았다. 오가피 열매가 떨어져 싹을 틔워 자란 것이다. 음지에서 잡풀과 덩굴식물에 치어 숨도 못 쉬며 자라온 연약한 어린 싹이었다. 사람은 사람대로 동물은 동물대로 식물은 식물대로, 주어진 환경에 순응하며 살아간다. 나무 사이로 비치는 햇살을 그리워하며 스쳐가는 바람을 친구 삼아 불평없이 순리를 따르는 삶을 우리도 닮아야 할 때가 있다.

오가피가 사람에게 유익한 식물이라는 것을 들은 적이 있어 어린 싹을 몇 개 뽑아 흙으로 덮고 신문지로 싸서 가져와 밭둑에 심었다. 옮겨 심은 싹이 잘 자랄까 걱정했는데 칠갑산에서 시집온 오가피나무에 정성을 다하고 사랑으로 키웠더니 낯선 환경에서도 잘 자라주어서 고마웠다. 나무가 커갈수록 가시가 크게 자라 만지기가 겁이 났다. 오가피는 자주색 꽃이 가지 끝에 핀다. 마치 대파의 꽃이나 부추꽃을 담았다고나 할까? 꽃이 지고 난 후 낱알이 콩알만하게 마치 포도송이 같이 맺히며 푸른색의 알이 조롱조롱 달린 것이 귀엽다. 푸른 열매는 점차 커져 흙색으로 완숙되어 블루베리 같았다. 서리가 내릴 때 열매를 수확하게 된다. 오가피는 잎이 다섯 개가 붙은 산삼을 쏙 빼닮았다. 우리 집에서는 물을 끓여 먹기도 하고 고기를 삶을 때 넣어 잡냄새를 없애기도 한다. 고추장도 오가피 끓인 물로 조청을 만들어 담근다. 김장 육수를 만들 때도 사용한다. 열매로 술을 담그면 와인과 같은 빛깔도 예쁘지만, 맛도 아주 훌륭하다. 어린순과 잎은 봄나물로 인기가 좋다. 장아찌를 만들어 이웃과 나누어 먹기도 한다. 부작용으로 알려진 것이 없을 정도로 순하다.

도로를 넓히기 위해 부득이 오가피나무를 옮겨 심어야 했다. 마치 자식 키워 떠나보내는 섭섭한 마음이 든다. 오가피나무 곁으로 조용히 다가가 그동안 고마웠다는 작별 인사를 했다. 마땅히 심을 곳이 없어 나무를 뽑아 다듬어서 이웃과 지인들에게 나누어 주었다. 많은 도움을 주고 떠나감이 아쉬워 몇 그루만 뽑아 다른 곳으로 옮겨 심으며 섭섭한 마음을 달랬다. 오늘 그 나무의 순을 따면서 사람은 동물이나, 식물이나, 사용하던 물건이나 우리 곁에 있는 모든 것에 정을 주며 살아간다는 것을 새삼스럽게 느낀다. 자연이 우리에게 조건 없이 베푸는 덕을 생각하며 사람은 자연에 무엇으로 보답하며 살아가야 하나 생각에 잠겨본다.

먼 듯 가까운 죽음

　시어머님이 일찍 치매가 와서 힘든 삶을 사시는 모습을 보며 나는 거룩한 죽음을 맞게 해 달라고 선종 기도를 했었다. 나의 기도는 오랫동안 투병 중이시던 친정어머니를 위한 선종 기도로 이어졌다. 몇 달 전 친정어머니도 천당에 가셨으니 이제부터는 나를 위해 선종 기도를 바칠 때가 되었다. 선종 기도는 나의 일상이 됐다. 어느 날 정성들여 기도문을 외우다가 문득 죽음을 새롭게 생각해 보게 되었다. 같은 식구조차 얼굴을 마주하기 어려울 만큼 바쁘게 살고 있다. 우리는 살면서 해야 할 일이 정말 많은 것 같다. 그래서 죽음에 대한 생각을 미리 못하고, 아예 잊고 사는 것인지도 모르겠다. 가까운 친지나 가족들의 죽음을 지켜보면서도 우리 자신의 죽음에 대한 진지한 사색과 명상의 시간을 갖기 어려울 만큼 늘 무언가에 쫓기며 산다. 이미 세상을 떠난 이들의 정다운 모습, 그리고 그들과 함께했던 추억을 떠올릴 때면 세상엔 그리 숨차게 바쁠 일도 없을 것 같다는 생각이 든다. 아등바등 싸우거나 욕심을 부린 일들, 번민하고 화를 내며 누구를 미워하거나 용서 못 했던 일들이 너무나 어리석게 여겨진다.

친정어머니가 위독하다는 전화를 받았다. 연세는 많으셨지만, 오랫동안 요양원에 계셨고 며칠 전에도 다녀왔기에 그렇게 빨리 가실 줄은 몰랐다. 고속버스를 타고 가는 동안 애가 탔다. 마지막에 얼굴이라도 마주하고 작별인사를 했으면 하는 마음에서다. 얼마 후 운명하셨다는 전화가 왔다. 눈을 지그시 감았는데 눈물이 주루룩 흘러내린다. 지난 세월 엄마와의 추억이 파노라마처럼 펼쳐진다. 기뻤던 일, 서러웠던 일, 엄마를 화나게 해서 회초리로 종아리를 맞았던 일까지 보통 때는 생각지도 못했던 것들이 선명하게 떠올라 몹시 놀랐다.

병원 문을 들어서는데, 언니가 조금만 일찍 오지 하며 얼굴이라도 보려면 빨리 올라가 보라고 했다. 막 염을 해서 옮기려 하는데 마지막으로 얼굴이라도 보게 해달라며 울음을 터트렸다. 얼굴에 덮은 천을 풀어 주었다. 아주 평온한 얼굴로 살짝 미소 짓는 것처럼 보여서 얼마나 감사했는지 모른다. 이 평온한 마지막 모습이 내 기억 속에 영원히 남아있을 것이다. 얼굴을 엄마 볼에 비비며 귀엣말로 '이렇듯 못난 저를 사랑해 주신 엄마 감사합니다', '딸 많이 낳아 힘들었지만, 모두 잘 키우셨으니 장한 어머니입니다', '엄마가 그리던 하느님 나라에서 천상의 행복을 누리세요' 라며 마지막 작별인사를 드렸다. 나이가 많든 적든 죽음 앞에서는 누구나 오열한다. 죽은 사람도 3일 동안은 귀가 살아있다는 말을 들은 적이 있다. 3일 후 화장장에 가니 정문에서부터 영구차와 버스들이 줄을 서며 밀려 있었다. 관이 전기화로 속으로 내려가면 고인의 이름 밑에 소각중

등이 켜지고, 50분 지나니 소각 완료 등이 켜졌다. 냉각이 완료되면 흰 가루가 실려 나오는데, 유족이 준비한 유골함에 넣어 가슴에 안고 납골당으로 향한다. 요즘에는 비명횡사한 경우가 아니면 유족들이 별로 울지도 않는다. 부모 따라 화장장에 따라온 청소년들은 대기실에 모여서 게임을 하거나 음료수를 마시고 있었다. 뼛가루는 안개 빛깔이라고 할까 먼지처럼 고왔다. 아무런 질량감도 느껴지지 않았다. 뼛가루의 침묵은 범접할 수 없는 적막 속에서 세상과 작별하고 있었다. 금방 있던 사람이 없어졌는데 뼛가루는 남은 사람들의 슬픔이나 애도와는 상관없이 편안해 보였다. 가볍게 죽기 위해서는 주변 정리를 잘해야겠다. 남은 사람들에게 짐이 되지 않게, 힘 있을 때 정리하자고 하면서도 잘 버려지지 않는다. 삶에 미련이 있어서인가 보다. 삶은 무겁고 죽음은 가볍다고 한 말이 머리에 맴돈다. 이 세상 정을 나누며 살았던 사랑하는 이들과의 영원한 이별은 미리 상상해 보는 것만으로도 슬프고 서운하다. 무심코 피고 지는 나무와 꽃에도 생과 사의 순환이 있다. 식물들은 무서리가 내리면 이별을 고한다. 내 인생의 종말은 어떻게 맞이하게 될 것인가. 장수에 대한 미련은 없어도 자식들에게 누를 끼치거나 비참한 종말이 되지 않기만을 간절히 소망한다. 그러나 오직 하늘의 뜻에 맡길 수밖에 없는 운명의 형태에 대해서 자신 있게 말할 수는 없다. 미래의 어느 날 임종의 고통으로 말문이 막히거나 말을 못 하더라도 큰 아쉬움이 없을 만큼 평소에도 조금씩 떠나는 연습을 해야겠다.

돌모루 둘째 형님

아침 일찍 전화벨이 울린다. 돌모루 둘째 형님이다. 동서가 좋아하는 깻잎을 따놓을 테니 와서 가져가라는 전화였다. 바쁘신데 세심하게 신경을 써주시는 것이 고맙기만 하다.

깻잎 가지러 간 남편 손에 올망졸망 여러 개의 비닐봉지들이 함께 들려져 왔다. 마루에다 풀어 놓고 보니 영락없는 시골 장터 채소전을 보는 것 같다. 세상에! 형님은 이 더위에 몸도 편찮으신데 무얼 이렇게 많이 챙기셨을까. 비닐봉지를 열어보았더니 깻잎이 한 봉지, 애호박, 감자, 옥수수, 수박, 그 외에 싱싱한 야채가 들어있다. 유난히 무겁고 큰 봉지에는 직접 농사지은 수박이 들어있다. 봉지마다 훈훈한 정을 듬뿍 채워 넣으셨다. 아직 열기가 식지 않은 옥수수에서 따뜻하고 구수한 형님 냄새가 난다. 언제나 일도 서툴고 철부지인 동서에게 한결같이 따뜻한 정을 나눠 주시니 황송할 따름이다. 형님이 보내 주신 달고 시원한 수박을 베어 물으며 한여름 더위를 잊는다.

올해도 형님댁 텃밭에는 여러 가지 작물과 채소들이 부지런한 형님 내외분을 닮아 아주 씩씩하게 자라고 있겠지요. 지난번에 저의 밭에 심어주신 서리태 콩이 많이 자랐다고 하네요. 그때는 정말 고마웠어요. 허리도 잘 펴지 못하시는 형님이 콩 심는 모습이 눈에 어려 민망했답니다. 그이는 콩밭에 풀들이 주인의 발소리가 들리지 않자 마음 놓고 고개를 쑥 밀어 올려 세상 구경을 하며 좋아하더라고 하데요.

형님 내외분은 사 남매를 모두 출가시키고 두 분이 큰집을 지키시면서도 화초를 예쁘게 가꿔 언제든 꽃을 볼 수 있어 좋아 보여요. 마당에 서서 앞을 바라보면 넓은 들에 초록 물결이 파도치고, 가을이 되면 벼가 익어가는 풍경을 보면서 가을을 즐길 수 있지요. 형님 부부는 부지런하시고 농사일도 즐기며 하시는데 연세가 드시면서 버거워 보이시네요. 이젠 쉴 때가 되셨어요.

언젠가 우리 식구들이 교통사고로 병원에 입원한 적이 있었다. 형님은 날마다 시내버스를 타고 출근하듯 병원에 오셨다. 화장실도 못 가는 나와 막내딸의 병간호를 하셨는데 얼마나 민망했는지 모른다. 내가 죄송하여 어쩔 줄 몰라 하니, 아무 생각 말고 잘 먹고 마음 편하게 생각해야 빨리 상처가 낫는다고 하셨다. 살다 보면 누구나 생각지 못한 사고를 당할 수 있다며 친정어머니 같이 위로해 주셨다. 언짢은 내색 한번 하지 않으시고 정성껏 돌보아 주신 그 은혜를 어찌 잊으랴. 퇴원하고 보니 내가 심어 놓은 농작물까지 수확해서 가져오셨다. 내가 무슨 복으로 이런 형님이 곁에 계신지 감사할 뿐이다.

지지난해 가을에는 힘들게 고구마를 심고 가꾸시어 캐가라고 하셨다. 호미를 들고 밭에 들어가기가 미안했지만, 시동생과 같이 캐서 나누었다. 그해엔 고구마를 아들, 딸들에게도 나누어주고 겨우내 형님 이야기를 하며 구워 먹었다.

남편이 기차통학으로 학교 다닐 때 형님이 새벽밥을 지어 주시느라 고생 많이 하셨다고 한다. 남편이 등산 갈 때 새벽밥을 하면서 형님 생각을 해본다. 지금처럼 수도꼭지만 틀면 더운물, 찬물이 나오는 것도 아니고 등잔불 아래 아궁이에 불을 때서 하는 아침 준비가 얼마나 힘들었을까. 당신 아들도 아니고 시동생 바라지를 몇 년을 두고 했으니 복받을 일이다. 설날이 되면 형수님께 세배하고 세뱃돈도 드려야 한다며 늘 고마운 마음을 내게 말한다. 형님 부부는 서로 사랑하며 손아래 시동생 시누이들과 사촌까지도 아우르며 후덕함을 베풀며 한평생을 살아오셨다. 자식들 키울 때는 고생하셨지만 모두 성공을 했으니 우리 형님 인생은 성공한 삶이다. 남편은 형님이 덕을 쌓아 자손들도 잘되었다고 하면서 사람은 덕을 쌓으며 살아야 한다고 자주 말한다.

우리 집안에 자랑이라면 형제간에 집안 간에 우애 있게 잘 지내는 것이다. 서로 얼굴 붉히는 일이 없으며, 서로 존중하며 작은 일에도 함께 기뻐한다. 같이 식사도 자주 하고 관광도 다니며 도타운 정을 나눈다.

지난해 종중 모임이 있어 갔더니 웬 쌀자루가 쌓여 있었다. 알고 보니 서방님께서 낼모레면 90이 되는데 농사를 더 못 지을 것 같으시단다. 얼마 되지는 않지만 직접 농사지은 쌀을 집안 당질, 재당질에게 나누어주며 정을 나누고 싶어 가지고 오셨다 한다. 지금까지는 잘들 지내고 있지만 앞으로가 걱정이 되셨나 보다. 그리고 조상들을 본받아 서로 우애 있게 잘 지내기를 부탁한다고 말씀하셨다. 어떻게 그런 생각을 하셨을까…. 지금처럼만 두 분께서 만수무강하시기를 기원한다.

그래, 박차고 일어나 함께 참여하여 이 봄을 맘껏 즐겨보는 거다.

파란 하늘을 보며 자연을 느껴보는 거다.

그리고 좋은 사람들을 만나는 즐거움도 누려보리라.

6부

문학 기행

가족 여행

　괌으로 떠나는 가족여행, 생각만 해도 즐겁다. 우리 내외와 아들 딸 4남매, 어른이 10명이고 손주가 10명이다. 대가족인데 손주들이 어린 편(3세~13세)이라서 설렘도 있었지만 아무 일 없이 잘 다녀올 수 있을까? 우려도 했다. 아이들은 수주일 전부터 손꼽아 기다리며 언제 가느냐고 묻고 또 묻는다. 드디어 기다리던 날이 다가왔다. 인천서 비행기 탑승 시간이 아침 9시다. 청주에서 새벽 4시에 떠나야 했다. 어린아이들을 깨워 안고 업고, 미니버스를 대절하여 공항으로 갔다. 아이들은 비행기를 타는 것이 좋아서인지, 여행이 좋아서인지 이리 뛰고 저리 뛰면서 돌아다녔다. 비행기에 올라 창밖을 내다보며 구름 위를 날아가는 것이 마냥 신기한지 탄성을 지른다. 나는 비행기를 탈 때마다 멋지고 아름다운 구름이 여러 가지 모양으로 바뀌어 가며 만들어내는 그림을 보면 마치 동화 나라에 온 것 같은 생각이 든다. 마음이 자유로워지고 구름 궁전의 주인공이 되어 상상의 나라로 즐거운 여행을 시작한다.

　다섯 시간 반만의 비행 끝에 괌 비행장에 도착했다. 호텔 방에 도착해서 짐을 풀자마자 아이들은 수영복으로 갈아입고 수영장으로 뛰어간다. 괌은 미국 영토에 속해 있으며, 면적은 우리나라 거제도와 비슷하고 종교는 가톨릭이 가장 많다고 한다. 주요 산업으로 관광업이 70%에 달한다고 하니 섬을 잘 이용해서 휴양지로서의 면모를 갖추고 있다. 산호초와 깊은 해협(남태평양)으로 둘러싸여 있고 해안선 지역은 모래사장, 바위, 아름다운 절벽과 맹그로브 나무가 펼쳐져 자연 방파제 역할을 해주어 파도가 거의 없고 바닷물이 아주 깨끗하다. 여러 가지의 오락시설도 어른이나 아이들이나 다 같이 즐길 수 있도록 환경을 조화롭게 꾸며 놓았다. 열대식물이며 아름다운 꽃들을 잘 가꾸어 놓았다. 바라만 봐도 가슴 속까지 시원한 바다와 하늘이 주신 천혜의 자연을 잘 이용하고 있었다. 식당도 뷔페부터 일식, 중식, 레스토랑까지 여러 식당으로 나누어져 있어 입맛대로 먹을 수 있어 불편함이 없다. 아이들은 물놀이를 하고 나와서 아주 즐거운 표정으로 만족해한다. 함께 저녁 식사를 맛있게 하였다.

둘째 날은 미니버스를 타고 시내 관광을 하기로 했다. 마침 기사 아저씨가 한국 사람이었는데 달리는 길 옆 산에 여기저기 굴을 보여주며 방공호라 한다. 일본 사람들이 우리나라 사람들을 징용으로 끌고 와 굴을 파게 했다면서 정말 고생을 많이 했다고 한다. 지금의 이 길, 건축물 등 섬을 만드는데 우리 민족의 고통과 슬픈 사연이 함께 있다고 생각하니 마음이 쓰리고 아파왔다. 수많은 사람에게 죽음의 고통과 슬픔만 안겨주는 전쟁을 평화로 이끌 방법은 없을까? 다시금 생각해 보게 된다.

관광이라야 작은 섬이라 별로 볼거리는 없고 전설에 내려오는 사랑의 절벽이 유명하다. 한 연인이 이루지 못할 사랑을 위해 도망치다 절벽에서 머리칼을 함께 묶고 바다에 몸을 던졌다는 슬픈 러브스토리다. 괌을 찾는 신혼부부들은 대부분 사랑을 다짐하기 위해 이곳을 반드시 찾는다고 한다. 괌이 333년 동안 스페인의 통치를 받았다고 하는데 긴 세월이 무색할 정도로 흔적이 거의 남아 있지 않았다. 유일한 흔적이 바로 스페인 광장이다. 이곳은 산책하기에 좋은 공원 정도로만 보인다. 바로 옆에 아가냐 대성당이 있다. 괌 최대의 성당이자 북 마리나 제도의 모든 교회를 총괄하는 본당으로 아름다운 양식의 건축물로 손꼽힌다. 휴식시간을 갖게 되어 성당에 들어가 보았다. 마침 미사 집전을 하고 있어서 잠시나마 참여할 수 있었다. 미사 중에 징용으로 끌려가서 고향을 그리다 안타깝게 죽은 우리 동포들의 영혼을 위로하는 기도를 했다.

오후에 아이들과 같이 바닷가에 나오니 어른이나 어린이나 다 좋아들 한다. 가족끼리 배를 타고 노도 저어보고 모터보트를 타고 신나게 멀리 달려보기도 한다. 아이들은 수영을 하기도 하고, 깨끗한 물속의 고기를 잡기도 한다. 아주 어린 손자 손녀는 바닷가 모래사장에 준비된 장난감으로 모래 장난에 흠뻑 빠져서 시간 가는 줄 모르고 논다. 막내딸의 손자가 노 젓는 배에 탔다가 배가 뒤집혀서 물에 빠졌다. 큰일 난 것처럼 놀라 울면서 야단이다. 물맛이 어떠냐고 물었더니 짜다고 한다. 바닷물이 짠 것을 처음으로 알게 된 것 같다. 우리 내외는 애들이 재미있게 노는 것만 보아도 즐겁다. 오랜만에 바닷물에 몸을 담그고 발장구를 쳐 보지만 옛날 같지가 않았다. 괜히 멋쩍어지는 기분이다. 나이 탓일까? 조금은 마음이 쓸쓸해진다. 이곳은 리조트와 수영장이 이어져 있어 이용하기 편리했다. 모래가 부드럽고 산호초가 없어 수영하기에도 좋다.

식당에서 가족들이 여유롭게 식사하는 모습이 즐거워 보인다. 할아버지 할머니를 대접한다고 우유 갖다주는 놈, 과일 가져다주는 놈, 챙겨주는 마음이 고맙기만 하다. 아이들이 수영할 때 우리 내외는 잘 가꾸어진 정원과 열대 나무숲의 산책길을 걸으며 오붓한 시간을 가졌다. 아들딸들이 내 품 안에 있을 때 가족 여행을 하고 싶었지만, 노부모가 계셨고 여러 상황들이 여의치 않았던 이야기들이 오갔다. 애들 키울 때 외식도 생일이나 졸업, 입학 등과 같은 기념일에나 겨우 하며 풍족하게 못 해주어 속상했던 일이 떠오른다. 언젠가 기차를 타고 아이들과 함께 망상 해수욕장에 가서 놀다가 기차 시간이 맞추어 숨차게 뛰어와 기차를 타던 기억들. 신탄진 강가에 놀러 가서 튜브가 깊은 물까지 떠내려가 큰일 날 뻔했던 일들을 추억하며 회심의 미소를 짓는다.

지금 이렇게 손자 손녀들까지 데리고 여행을 하게 되어 즐겁다. 부모님들께는 여행 한번 제대로 못 시켜 드려서 죄송하다는 이야기를 나누었다. 남편에게 늘 건강 문제로 신경 쓰게 해서 미안하다고 했다. 힘들 때마다 격려해주고 용기를 주어서 고맙다는 등 평소에 하지 못했던 이야기를 나누었다. 남편은 치매 시어머니 오랫동안 잘 모셔 주고 사 남매 잘 키워 주어서 정말 고맙다고 했다. 이제부터는 건강 잘 지키고 이웃의 삶도 돌아보며 살자고 하였다. 자연은 사람의 마음에 여유와 즐거움을 선사하고 정화시켜주는 마술이 숨어 있는 것 같다.

오늘 저녁은 아름답고 즐거운 이곳에서의 마지막 밤이다. 식사하면서 좌석 아래 물 한가운데 무대에서는 민속놀이와 춤으로 우리를 즐겁게 해 준다. 물 위에는 작은 배를 띄우고 노래의 향연이 펼쳐졌다. 식사하고 둘이서 바닷가로 나왔다. 사람들이 별로 없어 한적한 느낌마저 든다. 불빛이 은은한 바닷가에서 속삭이듯 들려오는 물소리를 들으며 먼 하늘을 바라보니 달빛이 정답다. 늘 보았던 달이건만 다른 나라에서 보는 달은 오랜만에 보는 친구처럼 반갑다. 손을 잡고 바닷가를 거닐며 신혼 때 꿈꾸던 옛날이야기를 나누었다. 어렵고 힘들었던 일도 많았지만, 그래도 희망의 돛단배를 타고 순항을 했다는 생각으로 지금은 행복하다고 했다.

마지막 날이 되어 오후에 집에 간다고 하니 손자 녀석이 하룻밤 더 자고 가면 안 되느냐고 조른다. 아쉬움이 남는 표정이지만 그래도 집에 가야 한다고 하니까 다들 좋아한다. 할머니가 이곳에 집 한 채 사서 너희들 방학 때마다 놀러 오게 하면 어떨까 하니 모두 손뼉을 치며 좋다고 환호한다. 3박 4일간의 꿈같은 시간이 지나갔다. 자녀들이 장성하여 일가를 이루어 대가족이 함께한 여행이라 뜻 깊었다. 못다 한 이야기와 즐거움은 다음 여행에서 하자고 기약해 본다.

갠지스 강의 화장터

흙먼지 풀풀 날리는 길을 따라 갠지스 강을 향해 걷는다. 많은 사람들과 소, 그리고 자동차가 거미줄처럼 얽혀있는 시장 골목에서 장사꾼들의 호객행위가 시작된다. 그 사이사이에서 삶을 살아가는 사람들, 좁은 골목길을 가로막고 있는 소 때문에 빨리 갈 수도 없다. 길을 잃을까 걱정이 되었다. 인도사람들은 갠지스 강에서 하루를 시작한다. 강물에 몸을 담근 사람들, 그 사이에서 빨래하기도 하고 몸을 씻기도 한다. 다른 쪽에서는 시체를 불태우고 그 재를 강물에 뿌리기도 한다. 갠지스 강은 인도의 모든 삶을 담고 있는 곳이라 할 수 있다.

특히 힌두교도들은 생전에 한 번이라도 그 강에 안기고 싶어 하고 죽어서라도 그 품에 돌아가는 것이 소원이란다. 갠지스 강은 인도의 힌두교도들이 성스러운 곳으로 숭배하는 강이다. 갠지스 강 유역의 평원은 세계에서 인구가 밀접한 지역으로 손꼽힌다. 인도 국토의 4분의 1이나 되며 거의 5억이나 되는 인구의 식수는 물론이고 강물을 이용한 농산물 등 삶의 대부분을 담당하고 있다. 갠지스 강은 인도 북부를 가로지르며 산과 들을 적신다. 모든 살아있는 것과 죽은 것을 감싸 안으며 벵골만으로 흘러 들어가는 인도 최대의 강이다.

물 부족으로 인도와 방글라데시는 분쟁이 그치지 않는다. 우기 때는 나라가 떠내려갈 정도로 비가 많이 오고, 건기 때는 잡초 하나 자라지 못할 정도로 메마른 땅이다. 심각한 가뭄을 겪으며, 인도인들은 식수 부족으로 고통을 받는다. 열대 기후에 속하는 방글라데시 또한 심각한 물 부족에 고통을 받고 있다. 두 나라 모두 물 부족으로 허덕이는 가운데 양국을 통과하는 갠지스 강에 대해 물꼬 싸움이 벌어지는 것은 어쩌면 당연한 일인지 모른다. 요즈음은 댐을 만들어 다소나마 물 부족이 해소되었으나 아직도 불씨는 남아 있다. 그들을 보면 우리도 항상 물을 아껴 써야 한다는 생각이 든다. 누구에게나 일어날 수 있는 일이다.

인도에는 힌두교도가 80% 이상이지만 이슬람교, 기독교, 불교, 자이나교 등 많은 종교가 공존해 있다. 그래서 인도에서는 종교 분쟁이 끊이지 않는 것으로 알려져 있지만 종교적 갈등은 없다고 한다. 마하트마 간디는 "힌두교도는 더 훌륭한 힌두교도가 되고, 기독교인은 더 훌륭한 기독교인이 되고, 이슬람교도는 더 훌륭한 사람이 되도록 해야 한다."고 말했다고 한다. 자신이 태어난 부모를 따라 종교를 받아들이며 살아가니, 다른 종교의 영역에 억지로 포교할 일도 없고 갈등이 있을 리도 없다.

갠지스 강으로 내려가는 계단에서 한 노인이 손을 입에 댔다 뗐다 반복하며 우리를 바라본다. 먹을 것을 달라는 의미란다. 강변을 따라 4km에 걸쳐 계단이 연결되어 있으며 화장터가 수없이 많이 자리하고 있다. 상류로 갈수록 화장터 이용료가 비싸진다고 한다. 작은 배를 타고 강줄기를 따라 한 바퀴 돌아보는데 강물은 잔잔하며 부유물이 많이 떠 있어 지저분해 보였다.

인도사람들은 갠지스강물에 몸을 씻으면 죄가 없어진다고 믿는다하여 나도 손을 물에 담가 보았다. 악취는 별로 없었다. 강물에 젖은 손을 보면서 나의 죄도 씻어졌을까? 하며 속으로 웃어 본다. 저 멀리서 하얀 연기가 피어오른다. 화장이 시작되는 모양이다. 화장터 가까이 가서 바라보았다. 한쪽에는 장작이 높이 쌓여있고, 그 옆에는 죽은 이를 위한 공물이 놓여있었다. 다른 쪽에서는 기도를 하고 있었다. 한 인생이 장작불 위에서 재로 사라진다.

주위에 있는 가족이나 친척들은 아무런 표정이 없어 보인다. 사후 세계를 긍정적으로 보기 때문인지도 모른다. 애통해 하거나 슬퍼하는 사람이 보이지 않는 것이 우리의 화장터 모습과 다른 점이다. 나의 마음도 조금은 진지해진다. 눈을 감고 망자의 극락왕생을 빌어 본다. 장례비용은 죽은 이의 생전 직업과 경제력에 따라 비용은 오르내린다고 한다. 가난한 사람들은 땔감을 살 돈이 부족해서 시체를 다 태우지 못하고 화장을 끝낼 수밖에 없단다. 그러한 시체들이 재와 함께 갠지스 강으로 던져지는 것이다.

갠지스 강에 던져진 죽은 자는 모두 좋은 세상 극락으로 간다고 믿기 때문에 슬퍼하지 않고 좋은 마음으로 망자를 보내줄 수 있다. 하지만 어린이나 사고로 죽은 시체는 화장하지 않고 갠지스 강에 수장시킨다. 우리가 살아 숨 쉬는 동안에는 잊고 살지만 죽음은 삶의 일부이며 멀지 않은 곳에 있다. 곳곳에 피어오르던 하얀 연기를 보며 왠지 가슴이 먹먹해진다. 한쪽에서는 죽은 사람의 육신을 불태우고 그 유골을 갠지스 강에 흘려보낸다. 다른 한쪽에서는 산 사람의 간절한 기도와 함께 소원을 이루기 위해 촛불을 밝혀 강에 띄워 보내기도 한다. 많은 사람들의 소원은 강 이곳저곳에서 별처럼 반짝인다. 갠지스 강에서 본 아름다운 풍경이었다.

우리 눈에는 더럽고 냄새나는 강에 불과하지만 강가는 고귀한 삶의 장소이자 인도의 역사와 함께하고 있다. 시체를 태운 재를 뿌리고 소나 사람의 사체가 떠내려 오는 것을 알면서도 그 물로 빨래와 목욕도 하고 식수로도 사용한다. 삶과 죽음이 공존하는 곳이 갠지스 강이다. 종교적 믿음에서 나오는 행동이기에 위생 따위는 문제가 되지 않는다. 지리적 환경과 문화가 다른 나로서는 이해하기가 힘들었다. 지금까지 보거나 경험한 적이 없는 혼돈의 세상을 보는 것 같다. 갠지스 강의 품이 얼마나 크고 넓은지 생각해 보았다.

휴양림

어디론가 떠나고 싶은 계절, 가을바람이라도 쐬어보자고 친구들과 가벼운 옷차림으로 배낭을 메고 버스에 올랐다. 하늘은 맑고 구름 한 점 없는 완연한 가을 날씨다. 길가에 핀 코스모스가 한들거리며 미소로 우리를 반겨주니 한없이 즐겁다. 장태산에 도착하여 한적한 입구를 지나니 길 양쪽으로 쭉쭉 뻗은 메타세쿼이아 숲이 보인다. 나의 마음을 활짝 열고 환호성을 보낼 만큼 숲은 향기를 선사했다. 나무로 둘러싸인 숲을 거닐다 보면 자연스럽게 발걸음이 느려지고 기분이 차분해진다. 일상생활에서 스트레스로 답답했던 일들도 치유되는 듯 마음도 산뜻해지고 몸도 편안해지는 듯하다. '참 좋다' 장태산 휴양림은 삼림욕을 즐기는 사람들이 찾는 최고의 휴양림이다. 메타세쿼이아 나무가 사열하는 병사처럼 부동자세로 서 있다. 키가 크고 잘생긴 나무들이 이국적 정취를 느끼게 하는 곳이다.

휴양림은 생태 연못, 야생화원, 다양한 볼거리가 많은 숲속의 쉼터이다. 자연을 벗 삼아 다양한 수상식물과 분수들이 어우러진 곳에 수련의 자태가 너무 아름답다. 잔잔한 물 위로 솟아오른 아름답고 청초한 그 모습을 보고 있으면 세상 속 번뇌 시름이 잊히는 듯하다. 진흙 속에서도 기품을 지켰으니 깨끗한 그 모습으로 영원하기를……. 스카이웨이는 장태산 휴양림의 명물로 메타세쿼이아 나무 꼭대기 사이로 조성된 구름다리 위를 걸어서 올라간다. 높은 곳에 오르는 것을 무서워하는 친구가 있어 팔짱을 끼고 손을 꼭 잡고 올라갔다. 신선한 나무 향에 취해 구름 위를 걷는 것처럼 기분이 좋았다. 비스듬한 길로 그냥 걸어 올라가서 몰랐는데 생각보다 높았다. 정상으로 올라갈수록 움직임이 느껴지고 스릴이 있다. 마치 주차 타워를 올라가듯 나선형으로 올라간다. 가운데에 각종 자연의 모습으로 만들어 돌아가는 모빌이 이색적이다.

정상에서 바라보는 휴양림의 모습은 정말 아름다웠다. 주변 숲과 산이 어우러져 한 폭의 그림 같다. 높은 곳에 서 있다는 것을 전혀 느끼지 못했는데, 아래를 내려다보니 오금이 저릴 정도로 아찔하다. 나무 끝에 부는 바람에 마음이 취하는 듯하다. 푸르게 안겨 오는 바람을 맞으며 두 팔을 벌리고 눈을 들어 하늘을 본다. 세월처럼 흘러가는 구름을 보며, 우리네 인생도 말없이 구름을 따라가고 있다는 생각이 든다. 이제껏 살아온 세월보다 앞으로 살 날이 얼마 남지 않은 것 같다. 솟아오르는 해도 아름답지만 지는 석양도 아름다워야 하는데…. 인생의 무상함을 느낀다.

친구들과 웃는 모습으로 학창 시절에 소풍 갔던 이야기로 꽃을 피웠다. 친구의 얼굴을 보니 세월이 묻어나는 잔주름에서 연륜을 느낀다. 순수한 우정이란 아무에게나 할 수 없었던 이야기도 주고받을 수 있어 좋다. 때로는 아프다고 푸념을 해도 따뜻한 마음으로 걱정해 주며 진심으로 쾌유를 빌어 주는 고마운 친구들이다. 세상 살아가는데 우정이 중요하다는 생각이 들었다.

산림욕을 하기 위해 평상이 있는 곳으로 갔다. 나무에 편안히 기대어 근심 걱정을 내려놓고 자연의 소리에 귀를 기울이며 나무와 교감한다. 긴장을 풀고, 숲속의 신선한 공기로 온몸과 정신을 깊은 곳까지 씻어 내듯 샤워한다. 편안한 자세로 복식호흡을 하며 자연의 아름다움을 즐긴다. 신선한 공기의 호흡으로 피로에 지친 심신에 활력을 찾아 주었다.

휴양림에는 여러 개의 산책로를 만들어 놓았다. 산책로 옆으로 시를 적어 진열해 놓은 곳이 있었다. 그 시를 읽다보니 숨어있는 감수성들이 깨어난다는 생각이 들었다. 나무 그늘에 돗자리를 펴고 가족과 친구들이 여유를 즐기며 대화하는 모습이 참으로 평화롭다. 아이들의 해맑은 웃음소리가 메타세쿼이아가 뿜어내는 피톤치드만큼이나 청량하게 들린다. 저 맑은 웃음들이 내 나이쯤으로 자랄 때까지 이곳을 지켜줄 자연의 의구함이 새삼 경이롭게 느껴진다.

줄지어 서 있는 메타세쿼이아 앞에서 누군가를 기다리는 벤치는 피곤한 사람, 외로운 사람, 힘든 사람들 모두 와서 편히 쉬라 손짓한다. 다리가 아픈 친구가 있어 여러 곳을 들러보지 못해 아쉬웠지만, 이 또한 자연의 섭리로 세월에 빛바랜 우리의 모습인 것을! 자연이 빚은 숨결을 느끼며 인생의 희비를 생각한다. 숲길을 산책하며 자연과 교감하는데 행복을 느꼈다. 지나치게 차오르는 욕심을 털어 내고 현실에 만족하고 감사하며 살리라.

물의 계곡 '구채구'

  어딘지 훌쩍 떠나고 싶은 가을날, 중국 구채구로 여행길에 오르게 되었다. 나무꾼이 벌목하다가 우연히 발견한 계곡이 쓰촨성 구채구라고 한다. 티베트 사람 등 소수민족의 거주지로 알려져 있고 구채구라는 이름도 마을이 9개 있는 산골짜기에서 유래되었다. 자연이 만들어낸 신비와 환상의 계곡으로 세계문화유산으로 지정된 곳이고 총면적 720㎢ 중 52%가 원시림으로 둘러 쌓여있다. 숲속에는 판다와 금사우 등 희귀 동물이 서식하는 구채구 풍경구와 구채구 황룡구로 나눈다.

  성도 공항에서 구채구 공항으로 이동하는 비행기 창 밖의 풍경이 멋지다. 높은 산을 휘감아 도는 운해와 고봉 사이로 보이는 만년설 산은 한 폭의 그림으로 다가온다. 이곳의 날씨는 변화무쌍해서 흐리고 비올 때가 많아 비행기가 제 시각에 착륙하기가 어렵다고 한다. 쓰촨성 지진 때 이명박 대통령의 방중으로 한국에 대한 인식이 아주 좋아졌다. 구채구 광장 입구에는 셔틀버스를 타려는 수많은 사람이 줄을 서고 있었다. 셔틀버스는 1~2분 간격으로 140

대가 운행하고 있으며, 타고 내리는 것은 자유다. 버스를 타고 가문비나무와 비목이 울창한 원시림 골짜기의 시원한 물소리를 들으며 제일 높은 곳(3,100m)까지 올라갔다. 와! 이런 산꼭대기에 큰 호수가 있다니… 쪽빛의 호수는 수심이 40m나 되는 '판다해'라고 했다. 이 골짜기는 140여 개의 호수와 17개의 폭포로 중국 최고의 절경을 자랑한다. 우리는 걸어 내려오면서 구경하기로 했다. 민산 산맥에서 흘러든 석회 성분이 연못 아래 침전되어 낮에는 청색, 저녁에는 오렌지색 등의 독특한 색을 보여준다.

계곡을 통해 운반된 부엽토에 식물이 자라는 것을 볼 수 있고, 계단식으로 호수가 자연스레 만들어졌다. 석회 성분에 의해 만들어진 산림 경관이며 석회석이 응고된 바위에 맑은 물이 흘러 폭포를 이룬다. 이리저리 발걸음을 옮기면서 맑고 깨끗한 각양각색의 호수가 펼쳐지는 일출구, 구채구의 산과 하늘이 거울처럼 비쳐 신비스러움을 더하는 경해를 만났다. 어떻게 물빛이 저리도 아름다운 에메랄드 색깔로 비칠 수 있는지 불가사의하리만큼 아름다운 경관이다. 호수 밑에 용이 있다는 와룡해와 같은 아름다운 호수가 수없이 펼쳐진다. 특히 진주탄 폭포는 캐나다의 나이아가라 폭포를 축소하여 놓은 것 같았다. 튀어 오르는 물방울이 햇빛을 받아 하늘에서 진주가 쏟아지는 것처럼 아름답다. 모든 사람이 감탄을 자아내며 사진 찍기에 바쁘다. 수정구에는 벌목공들이 쓸데없는 나무를 버렸는데 석회질이 달라붙어 썩지 않게 보존한 것이 호수 아래 가라앉아 맑은 물속을 들여다보는 구경거리가 되었다. 수많은 호수와 폭포가 마치 동화 나라에 온 것 같은 느낌이다. 아쉬움을 남긴 채 4시간의 일정을 마치고 저녁 식후엔 송성 가무 쇼를 관람했다. 말은 알아듣지 못했으나 회전식 무대며, 화려한 의상이 인상적이다.

　이튿날 아침 전용 차량으로 황룡 풍경구로 가는 길에 전망대(4,000m)에서 내렸다. 저 멀리 만년설 산에 설보정이 보이고, 그 아래 황룡이 자리하고 있다. 버스도 고소증에 비틀거리며 천천히 내려간다. 가이드 말에 의하면 이곳 사람들은 고산지대에 살기 때문에 육식을 많이 해서 정력이 좋다고 한다. 남자 형제가 5명이면 큰형이 결혼해서 형제들이 다 같이 산다고 한다. 유목민들이라 큰형이 유목하러 한 달 나가면, 둘째는 두 달, 셋째는 세 달 나간다. 티베트 사람들은 모자가 다르다고 하는데 한사람이 아내에게 들어가면 모자를 밖에 걸어두며, 자기가 들어온 것을 알린다고 한다. 아이가 태어나면 큰형의 아이로 생각한다. 지금은 이런 문화가 사라졌지만, 아직도 오지에는 남아있다고 한다. 산 아래에는 야크들의 한가로운 모습도 보이고 티베트 인들의 기원이 담긴 오색찬란한 깃발이 펄럭인다. 깃발에는 경문이 적혀있는데 문맹자가 많아 바람이 경문을 읽어 준다고 믿는다.
　어느덧 케이블카 타는 곳까지 왔다. 이곳 사람들은 걸어서 황룡까지 간다고 하는데 우리나라 사람들은 고소증 때문에 케이블카를 탄다. 어제 저녁과 아침에도 고소증 약을 먹었는데 휴대용 산소통을 준비하고서 케이블카를 탔다. 황룡 내까지 올라가 나무계단으로 30분 정도 걸으면 갈림길에서 어지럽고 두통이 심한 사람은 그냥 내려가고 좀 더 올라가면 오채지가 보인다. 너무나 아름다워 절로 감탄사가 나온다. 신이 아니고서는 빚을 수 없는 아름다운 이 작품~! 에메랄드빛의 환상적인 석회암 연못으로 총길이는 7.5km, 연못의 수가 3,400여 개나 된다고 한다. 설산의 영봉들에서 흘러내린 물이 다섯 가지의 영롱한 색으로 보인다고 한다. 물에 취해 떠날 줄 모르는 사람들 틈에 넋을 잃고 서 있는 나를 재촉한다. 발길을 돌리려니 아쉬움이 남는다.

나무로 잘 만들어진 계단으로 내려오면서 다락 논 같은 오채지가 수없이 펼쳐지고 흐르는 물소리도 아름답게 들린다. 둑의 높낮이에 따라 물의 색이 다르게 비쳐지는 신비스러운 아름다움, 물이 흐르다가 폭포도 만든다. 해발 $3,280m^2$에 자리 잡은 칼슘 침전물이 내려앉은 용 등이 있어 세신동이라 부른다는 이곳은 선인이 도를 닦던 곳이란다. 유네스코 자연 유산으로 지정한 황룡을 기념하기 위해 지은 황룡사 절도 둘러보았다. 칼슘 침전물 벽에서 금빛 찬란한 폭포의 아름다움이 눈에 선하다. 이 맑은 호수에 몸을 담그면 몸과 마음이 깨끗해질 것만 같은 환상에 빠져본다. 힘들었지만 아름다운 오채지의 풍경에 취해 어느덧 계곡의 끝자락에 서 있다. 날씨가 너무 좋아서 복 받은 사람들이라고 했다. 중국은 워낙 땅이 넓다 보니 숨은 비경도 많고 천혜의 자원과 자연이 풍부한 것이 부럽기까지 했다. 자연이 우리에게 주는 크나큰 선물을 만끽했다. 우리의 금수강산과 문화유산도 잘 보존하고 가꾸어서 세계의 모든 이가 와서 즐길 수 있도록 후손에게 물려주어야겠다는 사명감이 생겼다.

보석의 섬

배 시간에 맞추어야 한다며 아침 일찍 버스를 타고 출발했다. 바다에 간다고 하니 아침부터 가슴이 탁 트인 기분으로 차창 밖을 보며 달리는 기분이 상쾌하다. 산기슭마다 하얗게 피어있는 산 벚꽃이 마치 꽃구름을 보는 듯 아름답게 피어있고 나뭇가지의 연둣빛에 눈이 홀려 가슴을 설레게 한다.

장사도는 14채의 민가와 80여 명의 주민이 살고 있는 수백 년생 동백나무 숲과 후박나무, 구살잣나무의 원시림이 무성한 해상국립공원에 위치한 섬이다. 천연기념물인 팔색조와 풍란, 석란은 장사도의 자랑이라 한다. 긴 섬의 형상이 누에를 닮았다고 장사도라 불리기도 하고, 뱀의 모양 같다고 '진뱀섬'이라고도 한다.

통영항 여객 터미널에서 배에 올랐다. 한려수도의 비경을 더 잘 보려고 갑판 위에 올라보니 날씨도 좋고 바람도 세게 불지 않아서 바다 구경하기엔 안성맞춤이다. 크고 작은 섬들이 많이 보이는데 마치 수석이 바다에 떠 있는 듯하다. 사람들은 바다를 바라보면서 일상에 힘들었던 일도 위로받고, 메마른 가슴도 푸른 바다를 보고 기운을 찾을 때가 있다.

갑자기 바다 갈매기 떼가 몰려온다. 마구잡이로 던져주는 새우깡을 곡예하듯 여러가지 형태의 묘기를 부리며 잘도 받아먹는 갈매기를 보면서 수많은 경험으로 먹이를 구하는 방법을 익혔으리라고 생각해본다. 얼마 전 사는 것이 힘들다며 삶을 포기한 젊은이의 안타까운 이야기가 머리를 스치고 지나간다. 열심히 새우깡을 낚아채 가는 새들의 삶이 우리 인생과 같다는 생각이 든다. 막막한 넓은 바다 위의 갈매기의 삶도 순탄하지는 않았으리라, 갈매기에게 박수를 보내고 싶다.

어느새 장사도 선착장이다. 배에서 내려 산책길에 들어서자 주변에 동백꽃과 해당화가 수줍은 듯 빨간 미소로 우리를 맞이한다. 길가엔 앵초꽃, 데이지가 곱게 피었고 홍가시 나무는 파란 나뭇잎 위로 새순이 빨갛게 올라와 마치 꽃을 보는 듯하다. 바닷바람을 맞으며 꿋꿋하게 겨울을 이기고 꽃을 피우는 꽃나무들이 대견스럽다.

기존에 있던 숲길, 가옥, 폐교를 그대로 복원해서 분재원으로 사용하고 탐방 길은 나무 데크를 깔아 다니기에 편리했다. 그 유명한 동백꽃 터널엔 꽃은 시들어서 서운했지만 떨어진 꽃송이가 꽃길을 만들었다. 나뭇가지에 남아있던 붉은 꽃잎 안에 수줍은 듯 내민 노란 꽃술이 배시시 웃으며 우리를 반긴다. 꽃잎을 밟으며 걷는 산책길도 운치가 있어 좋았다. 지난날 동백섬에서의 즐거웠던 추억을 남편과 이야기하며 미소를 지어본다. 어느새 우리는 손을 꼭 잡고 있었다.

팔짱을 끼고 걷고 싶은 무지개다리를 건너서 바라보는 바다가 한 폭의 그림 같다. 그리운 사람에게 다정한 편지를 보내고 싶은 마음이다. 연둣빛 봄 화장의 모습에 행복이 넘친다.

　자생 꽃 200여 종과 천여 종의 다양한 식물들이 사계절 피고 지고, 전망대에 오르면 한려수도의 전경이 한눈에 들어오는 아름다운 섬이다. 에메랄드빛 하늘이 환히 내려다보이는 청정한 바닷바람과 넘실대는 하얀 파도는 우리에게 베풀어 주는 선물이었다. 거제도 다도해의 자연적인 다른 섬까지 조망할 수 있어 좋았다. 문득 정지용 시인의 글이 떠오른다, 시인은 통영과 한산도 일대의 자연미를 "나는 문필로 묘사할 능력이 없다"고 하였다. 천하의 절경이 바로 이곳이란 생각이 들었다.

　전망대 주변에 꽃 기린이 활짝 피었다. 수년 전 이사할 때 지인이 보내준 꽃으로 사계절 꽃을 피워 즐거웠는데 여기서 만나니 옛 친구를 만난 것처럼 반갑다. 야외 공연장 위쪽에 조각상이 있다. 다양한 주제(손가락, 별자리, 쓰레기, 십이지 신상)를 가지고 사람의 두상을 만들었다. 작가의 상상력이 대단하다. 섬을 한 바퀴 돌아보는 데는 2시간 정도 걸린다. 단지 인공 구조물이 많아 섬 자연의 모습이 훼손된 것 같아 아쉬웠다. 그동안 생활에 지친 몸과 마음을 달래 주었던 여행인 것 같다. 언제나 자연은 우리에게 한없는 즐거움과 지혜를 준다.

금오도 비렁길

　금오도 비렁길에 대한 입소문을 듣고서 언제가 꼭 가보고 싶다는 생각을 했었다. 남쪽 끝자락에 있는 섬이라 가기가 쉽지 않았다. 마침 금호도 비렁길을 간다는 산악회가 있어 용기를 내 보았지만 괜한 욕심을 부린 것은 아닌가 걱정이 된다. 그냥 비릿한 바다 냄새라도 맡으며 멀리서 바라만 보고와도 삶의 재충전이 되겠다는 생각으로 용기를 내 보았다.

　버스를 타고 여수항에 도착해서 배를 타고 20분 후에 함구미 항구에 도착했다. 비릿한 바다 냄새가 가슴 속까지 들어왔다. 크고 작은 어선들이 모여 있고 바닷속까지 훤히 보이는 바닷물이 마음을 사로잡는다. 어느새 금오도에 도착했다. 선착장을 뒤로하고 숲이 우거진 언덕으로 올라가니 저 멀리 비렁길이 보인다. 비렁길이란 벼랑의 여수 사투리로 해안가를 따라 절벽에 만들어진 둘레길이다. 해안단구와 벼랑을 따라 낭떠러지의 벼랑길에 층층이 겹쳐진 바위와 눈이 시리도록 푸른 바다는 나의 무료했던 일상을 재충전하기에 충분했다. 천길 절벽 아래 바다 위에 떠 있는 작은 배 한

척이 한가로워 보인다. 바다의 물결은 태양 빛을 받아 마치 은빛의 고기비늘처럼 출렁대며 바람이 불수록 그 물결은 더욱 아름답게 번쩍이며 흔들거렸다. 다도해의 환상적인 풍경과 크고 작은 기암절벽을 따라 만들어진 비렁길은 주민들이 땔감을 구하고 낚시를 하러 다니던 길이었다. 새들도 다니고 바람도 숨차던 길, 그러나 아슬한 그 비렁길에도 사람들이 다니던 길은 있었다. 그 길은 발 디딜 곳도 없는 바위틈에 붙어 서서 가난을 낚아 올리던 길이었다고 한다. 바위를 기어 다니며 자식들을 먹여 살리던 길로 자연을 훼손하지 않고 최대한 자연 그대로의 모습을 유지하고 있었다.

비렁길은 다섯 개의 코스로 구성 되었는데 우리는 제 1코스로 완만한 길을 택했다. 오르막 내리막길을 걸으며 우거진 숲속에는 바위에 앙증맞게 붙어있는 콩난을 비롯해 생강나무, 굴참나무, 목이버섯 등 여러가지 식물들이 매서운 바닷바람에도 꿋꿋하게 자라는 모습을 금오도 비렁길에서 볼 수 있다. 특히 다도해의 청정 해풍을 맞고 자란 금오도의 방풍 나물은 향긋하면서도 쌉싸래한 맛이 일품으로 소문이 나있다. 이 나물을 먹으면 중풍을 예방한다고 해서 많이 먹고 있다. 이곳이 대규모 방풍나물의 재배지역이라 한다.

길이 완만하다고는 하지만 바위가 많은 산길이라 내게는 힘에 부쳤다. 발이 갈지자로 움직인다. 너럭바위와 시원한 바닷바람이 쉬어 가라며 발목을 잡는다. 구간마다 마을로 내려가는 길이 있어 시간이 부족하거나 힘든 사람들은 언제든지 하산할 수 있다니 다행한 일이다. 나는 바위를 좋아한다. 단양 사인암 부근에서 생활할 때 늘 가까이서 바위를 보며 즐겼다. 오래 보고 있으면 크기도 모양도 가지가지로 다르며 빛깔도 표정도 다르다. 바위의 다양한 표정들은 사람의 마음을 붙드는 매력이 있어 어느새 친구처럼 느끼게 되었다. 바위 앞에서 이따금 피곤한 마음을 쉬기도 하고 산만한 생각을 여미어 바로잡기도 한다.

내가 바위를 좋아하는 것은 바위는 어떤 것과도 조화를 잘 이룬다는 생각 때문이다. 바위가 산에 있으면 온갖 나무와 숲이 잘 어울려 산세가 돋보이고, 바위가 계곡에 있으면 흐르는 물과 더불어 산의 경관이 아름답게 보인다. 바위가 바닷가에 솟아있어 무시로 물결이 부딪치는가 하면 바람도 소리도 와서 부딪쳐서 생명의 역동을 느끼게 한다. 바위가 없는 산, 바위가 없는 계곡, 바위가 없는 바닷가는 얼마나 적막하고 황량할까. 조물주가 만들어낸 작품 중에서도 아름다운 것이 많지만 나는 바위가 좋다. 사람도 바위와 같이 어느 누구와도 잘 어울리고 소통하는 인간관계를 맺고 살아가면 얼마나 좋을까 생각해본다.

많은 사람들이 금오도 비렁길을 찾는 이유는 기암절벽의 아름다운 바위 덕인 것 같다. 일상의 지치고 상처받은 몸과 마음을 치유하여 활력을 찾으려고 공기 좋은 이곳을 찾아오는 사람들이 많다. 오랫동안 간직하고 싶은 의지나 집념 같은 것이 있으면, 옛날 사람들은 바위나 돌에 새겼지만 오늘은 가슴 깊이 간직하고 가야겠다.

바위는 오랜 인고의 시간이 쌓여서 마침내 형상화된 세월의 모습이다. 어떤 바위는 기나긴 풍상의 세월이 감추어져 있다. 바위를 오랫동안 보고 있으면 무거운 침묵과 장구한 세월 같은 것이 느껴진다. 바위는 언제 어디서 보아도 항상 그 모습 그대로 묵묵히 서 있을 뿐이다. 그러나 침묵의 언어들이 들려온다. 바위와 무언의 대화를 살며시 나눠 보지만 대답이 없다. 바닷바람이 지나간다. 나 혼자 이야기했을 뿐, 바위는 여전히 침묵하고 있다. 어디선가 침묵의 언어들이 가슴을 흔들고 지나간다. 이렇게 아름다운 길은 사색을 하며 천천히 걸어야 하는데, 아름다운 경치에 취해 걷다 보니 시간 가는 줄도 몰랐다. 배 타는 시간이 촉박하다며 서두른다. 길가에 방풍 나물 전 부치는 냄새가 우리를 유혹하는데 그냥 지나쳐서 섭섭하다.

코스를 완주하지는 못하고 조금 남긴 채 지름길로 내려왔다. 노랑머리 할머니가 다시마와 미역을 팔면서 금오도 자랑이 이만저만이 아니다. 다시마와 미역을 사들고 산행을 무사히 마치게 된 것을 감사하면서 배에 올랐다.

문학 기행

봄은 즐겨야 하는데 봄이 왔어도 온 줄을 미처 몰랐다는 마음이 들 때가 있다. 현재를 즐기는 여유가 없기 때문일 게다. 마음과 생각이 과거에 갇혀 현실을 직시하지 못하는 것은 아닌가 싶다. 소속해 있는 작가회에서 회룡포로 문학 기행을 간다고 연락이 온다. 그래, 박차고 일어나 함께 참여하여 이 봄을 맘껏 즐겨보는 거다. 파란 하늘을 보며 자연을 느껴보는 거다. 그리고 좋은 사람들을 만나는 즐거움도 누려보리라.

봄을 맞으러 나가려고 모인 문우들 얼굴이 화사해 보인다. 청주에서 출발하여 한 시간 삼십분 정도 지나 회룡포에 도착했다. 따스한 햇볕을 받으며 둑을 따라 걸었다. 들에도 언덕에도 파란 숨결이 가득하다. 나뭇가지에서 포시시 눈을 뜨는 분홍빛 예쁜 꽃망울에서 봄이 오는 소리가 들린다. 막 피어난 꽃잎이 연녹색 새싹을 기다리며 우리에게 봄을 선물한다.

회룡포는 물이 휘감아 돌아가는 것을 용의 형상에 비유하여 붙여진 지명이란다. 맑은 강물과 은모래가 쌓인 백사장 주위를 울창

한 소나무가 둘러싸고 있다. 농경지와 마을이 어우러져 소박하고 아름다운 풍경을 이룬다. 자연의 위대함을 다시금 느끼고 있는데 저만치 다리가 보인다. 구멍이 숭숭 뚫린 철판 다리를 건너며 주변을 에워싼 봄 풍경을 둘러본다.

발아래로 강물이 응얼응얼 노래하듯 정겹게 흐른다. 피라미들이 꼬리를 흔들며 헤엄치는 모습도 보인다. 강둑에 서 있는 소나무 위로 하얀 구름이 곱게 떠가고 스쳐 가는 바람 소리도 반갑다. 가까이 보이는 산이 봄을 맞아 연한 녹색으로 물들었다. 우리는 뽕뽕 다리를 건너며 다정하게 어깨동무하고 하하 호호 웃으며 동심으로 돌아가 사진을 찍었다. 우리들이 움직일 때마다 철판 다리가 약간씩 흔들려 스릴이 있다.

어릴 적에 다녔던 초등학교 앞 개울 외나무다리가 생각나 아득한 추억에 젖어본다. 외나무다리를 건널 때면 물은 아래로 빠르게 흘러가는데 다리가 빠르게 위로 올라가는 착각으로 그만 발을 헛디뎌 물에 빠졌었다. 내 모습이 물에 빠진 생쥐 꼴이 되었을 때 함께 건너던 친구들은 손뼉을 치며 웃었다. 모두들 그렇게 웃는데, 한 친구만이 다친 데는 없냐며 치맛자락으로 내 얼굴 물기를 닦아 주었다. 보고 싶다. 그 친구가….

우리는 초간정으로 갔다. 오전에는 날씨가 좋았는데 오후가 되면서 하늘이 낮아지더니 봄을 시샘하듯 바람이 불고 비가 내린다. 그런데 이게 웬일인가. 금시 함박눈으로 변하여 휘날리는 거다. 초간정 소나무에 하얀 눈이 수북이 쌓였다. 때 아닌 춘설을 문우들이 함성으로 반긴다. 다들 눈이 내리니 즐거운가 보다. 누가 여기에 정자를 지었을까. 오래된 수령의 소나무 숲 정자 아래로 계곡이 흐르고 거대한 암반 위에 초간정이 자리 잡고 있다. 소나무 숲과 계곡이 어울려 전통 원림의 아름다움을 보여주고 있었다. 초간정은 풍류나 안식을 위해 조선 시대에 지은 정자가 아니라 관직에서 은퇴한 선비들이 학문과 집필을 위한 공간으로 쓰였던 정자라 한다. 초간정을 바라보며 선인들의 멋과 자연을 즐기던 삶의 지혜를 느껴본다.

팔만대장경의 일부를 보관하고 있다는 용문사로 발길을 돌렸다. 용문사란 절은 두운선사가 창건한 천년고찰인데, 바위에 용이 영접하였다하여 붙여진 이름이란다. 법당으로 들어가는 돌담길과 대웅전 팔작지붕이 잘 어우러졌다. 봄맞이하러 왔는데 절 뒷산 나무에 눈꽃이 활짝 피어 우리를 맞이하니 탄성이 절로 나온다. 사찰에 내린 춘설풍경을 사진으로 간직하고 싶어 찍다보니 절 구경은 뒷전으로 밀려나 있다.

절에 오면 마음이 숙연해진다. 나무들은 저희끼리 손잡고 무덤덤하게 서 있고, 나는 절 마당에 우두커니 서 있다. '세상을 살면서 티끌만한 선행도 못하면 죽어 염라대왕 앞에서 무어라 대답하지?'라는 글이 많은 생각을 하게 한다. 용문사 계곡의 물소리, 바람 소리에 묻혀 산길을 걸으면 세상 모든 번뇌가 사라질 것 같다. 사느라 겪었던 모든 갈등이 별 것 아니었음을 깨닫는다. 조바심내지 않고 시간을 넉넉하게 잡아 둘 것을….

문학기행을 하면서 자연과 더불어 여러 문우와 교감하고 우의를 다졌다. 여유 없는 팍팍한 마음에 봄 향기를 가득 채우고 나니 더없이 좋은 기행으로 기억할 수 있을 것 같다.

거기에는 우리가 알지 못했던 지식과 진리가 숨어 있었다.
책으로 보는 세상이 얼마나 넓고 깊던가.
사랑도 배우고, 용서도 배우고, 지혜도 얻고,
아름다움도 느끼고, 미래의 세계도 경험할 수 있다.

7부

영원한 길동무

환절기의 수문장, 무엿

추억 속으로

짧은 여행

웃음은 아름다운 보석

영원한 길동무

실버들의 합창

사이판 가족여행

틈

환절기의 수문장, 무엿

 계절이 바뀐다고 하여 붙여진 환절기, 겨울이 봄으로 가는 길목
이다. 떠나는 겨울이 기지개조차 켜지 못한 우리 몸을 차갑게 부여
잡고 놓아 주지 않는다. 마음은 춘삼월인데 몸은 아직 동지섣달에
머물러있다. 나이가 들수록 더하다. 이럴 때는 환절기의 수문장, 무
엿이 그리워진다.

 지긋지긋한 비염과 감기로 겨울을 지내는 가족이 있어 늘 안타
까웠다. 만성 비염으로 고생하는 사람은 폐를 건강하게 해야 한다
는 것을 알고는 있었지만 어떻게 할 줄을 몰랐다. 심할 때는 병원
에 다니면 그때 뿐이고 손수건을 몇 개씩 가지고 다녔다. 어떻게
하면 좋을까 고심하던 차에 '신약' 이란 책을 접하게 되었다. 거기
서 무엿을 처음 알게 되었는데, 나는 무릎을 '탁' 치며 바로 이거야
하며 매우 기뻐하였다.
 인산 김일훈 선생님은 우리 주변에 무궁무진한 영약이 있는데도,
수많은 사람들이 각종 질병으로 죽어가고 있는 현실을 안타까이
여겼다. 당신이 의술을 펴오며 실제로 경험한 것을 바탕으로 처방

과 약 달이는 법까지 자세히 기록하여 민초들이 건제약방에서 약제를 구입해 쉽게 만들어 복용할 수 있도록 한 책이다.

　무엿은 서리가 온 후 수확한 무에 기관지와 폐를 도와주는 약재를 배합시켜 약재가 가지고 있는 독성을 중화시키고 우리 몸을 이롭게 하는 효과를 극대화 시킨 것이다.
　폐와 기관지를 도와주는 행인과 백개자가 무와 함께 기침, 가래 천식 등의 질병에 효과를 내고, 마늘과 생강이 몸을 따뜻하게 해 원기를 돋아주는 역할을 한다. 서리 맞은 무와 약재가 어울려 약성을 더 상승시켜 겨울철엔 더 좋은 기략제가 된다고 했다. 무엿에 들어가는 산조인과 행인은 위장을 편하게 하고 신경을 안정시켜 깊은 잠을 잘 수 있다고 한다.
　처음엔 무엿을 사서 먹었다. 그런데 생각보다 값이 만만치 않았다. 오랫동안 복용하기가 부담스러워 만들어 보기로 했다. 첫 번째로 마늘과 무를 퇴비와 유황을 뿌리고 농사를 짓는 일이다. 그 다음은 베란다에 가스를 설치하고 업소에서 사용하는 곰솥을 준비하는 일인데, 남편의 반대가 심해 난관에 부딪쳤다. 나는 무엿을 꼭 만들어 보고 싶다며 몇 날 며칠을 설득하고 졸랐다. 하루는 남편이 곰솥을 사러 가자고 했다. 고마워 얼른 따라나섰다. 무 10kg에 필요한 약재를 볶아서 분쇄하였다. 무를 굵게 채 썰어 마늘 생강 약재를 넣고 7시간 동안 끓인 후 식혀서 엿기름을 넣고 16시간을 삭힌 후에 자루에 넣고 짜준다. 맑은 물이 엿이 될 때까지 7시간을 졸여준다. 무엿이 비싸다고 투정을 부렸는데 그만한 이유가 있는 것을 알았다. 재료도 비싸고, 준비하는 과정도 만만치 않았다. 재료를 다 넣고 끓이기 시작해 엿이 되기까지 긴 시간을 불 옆에 있어야 하는 수고가 짐작된다. 엿이 다 되었을 때 무엿의 양이 얼마 되지 않아서 실망스러웠다. 무가 무엿으로 변신하는 과정은 힘들고 고단한 과정이었다.

무엿은 한 수저를 뜨거운 물에 타서 마시거나 생강차에 타서 마신다. 죽염을 곁들여 먹으면 더 좋은 효과를 볼 수 있다고 한다. 특히 가끔 먹는 것보다 일정한 기간을 집중적으로 먹는 것이 훨씬 효과적이다.

겨울이 되면 남편은 외출하고 돌아올 때 검은 봉지를 들고 오는 때가 빈번했다. 혹시 내 간식이라도 사 왔는가 속을 때도 있었다. 그러나 봉지 안에는 쌍화탕, 판피린으로 늘 가득 차 있었다. 그런데 기특하게도 무엿을 먹었더니 차츰 횟수가 줄어들었다. 그해 겨울부터 약을 먹지 않고 지금까지 잘 지낸다. 가족의 건강을 지켜냈다는 자부심에 그 동안의 피로가 눈 녹듯 사라졌다.

모든 재료가 자연에서 온 것들이다. 우리는 항상 자연에 감사하며 아끼고 살아야 한다. 해마다 김장을 하고 나면 무엿을 만드는 일이 연중행사가 되었다. 알고 보면 우리 주변에는 좋은 약재가 많이 있다. 그렇지만 우리의 눈이 어두워 보이지 않을 뿐이다. 좀 더 관심을 가지고 노력한다면 건강한 삶을 지켜낼 수 있을 것이다.

추억 속으로

'아직은 어머니 부를 수 있어서 행복합니다. 어머니가 좋아하는 꽃이 활짝 피었고 산벚나무 잎새는 저리도 푸르른데, 내 어머니의 몸에도 봄이 찾아오면 좋으련만 이렇게 병상에 누워만 계시니 안타깝네요. 오늘은 마음 깊숙이 묻어둔 추억의 조각들을 꺼내 보려 해요.' 너무 작고 약해지신 어머니 손을 잡고 추억 속으로 들어간다.

어머닌 앞마당 화단을 예쁘게 가꾸시어 봄부터 가을까지 언제나 꽃을 볼 수 있게 해 주셔서 우리는 늘 행복했다. 외삼촌이 심어준 진달래 나무에 봄이 되면 탐스럽게 꽃이 피었다. 우리만 보기 아깝다며 대문을 활짝 열어 놓아 마을 사람들이 꽃구경을 와서 예쁘다고 칭찬을 하면 엄마의 입가엔 소녀처럼 고운 미소가 피어났었다. 내가 좋아하는 글라디올러스가 휘어진 줄기 위로 한 송이 두 송이 꽃을 피워 숨죽여 웃는 모습이 밉도록 아름다웠다. 올해도 진달래 꽃이 곱게 피었겠지만, 이제는 고향을 떠나와 볼 수 없어 아쉽다.
할머니는 어머니가 꽃을 너무 좋아해서 딸을 많이 낳는다고 하셨다. "너는 다른 것은 다 잘하는데 아들 낳는 재주는 없느냐"며 늘 엄마를 채근하셨다. 낳으면 딸, 또 낳아도 딸, 이렇게 여섯 자매를 낳아서 길렀으니 마음고생이 오죽했으랴. 하루는 아침에 눈을 떠보니 엄마가 아기를 또 낳은 것 같은데 역시 딸이라 집안 분위기가 심상치 않다. 아침밥도 거른 채 학교에 갔다. 학교가 끝나고 왔지만, 어머니의 얼굴을 대하기가 힘들 것 같아 집 주위를 맴돌다 들어갔다. 어머니가 나를 껴안으며 눈물이 그렁그렁하셔서 나도 그만 울어 버렸다. 그 힘든 산고를 막 치르고도 아들만 낳을 수 있다면 금방이라도 다시 아기를 낳고 싶은 심정이라고 말씀 하시는데 가슴이 찢어지는 듯했다. 한평생 아들을 못 낳은 어머니의 한스러운 마음을 무슨 말로 위로해 드릴까. 집안에 손을 이어 주지 못한 죄스러움에 애간장을 다 태운 어머니의 인생에 눈물이 쌓인다.

하루는 학교 가다가 돌아와 걸레 만들어 가는 걸 잊었다며 빨리 만들어 달라고 재촉했다. 어머니는 무명 적삼을 꺼내시더니 가위를 찾을 겨를도 없이 앞니로 적삼을 물고 잡아당기자, 찍소리와 함께 찢어진 천위에 하얀 이가 보였다. 어머니는 얼른 집어 감추시고 걸레를 만들어 주시며 빨리 학교에 가라 하셨다. 나는 엉겁결에 학교로 뛰어가면서 꺼억꺼억 울었다. 미리 준비 못한 것을 얼마나 후회했던지, 지금도 수건을 걸레로 사용할 때마다 그때 생각이 난다.

내 잘못으로 엄마의 마음을 아프게 했다는 생각이 들면 나는 물지게를 지고 동구 밖에 있는 우물로 나갔다. 물을 통에 가득 담고 비틀비틀 갈지 자 걸음으로 집에 왔을 때는 물이 반통만 남았지만, 땀을 뻘뻘 흘리며 물두멍에 물을 가득 채우며 용서해 달라는 마음을 전하고 나면 가슴이 후련해지곤 했다.

  찌는 듯이 무더운 그해 여름, 뒷담에 호박이 올망졸망 많이도 달렸었다. 할머니 생신이 칠월 칠석인데 어머니는 그때 학질을 앓으셨다. 나는 약을 사러 십리 길 장터로 가면서 맏이한테는 시집을 가지 않겠다고 마음속으로 다짐을 했다. 아프신데도 맏며느리라 머리띠로 이마를 동여매고 시어머니 생신 준비를 하시는 것이 마음 아팠다. 냉장고가 없던 시절이라 음식이 상할까 봐 달을 벗 삼아 이웃 아주머니들의 도움을 받아 음식 장만을 한다. 반찬거리가 변변치 않은 때라 호박을 따서 전을 부친다. 도란도란 이야기를 주고받던 아름다운 풍경들이 영상으로 보이는 듯하다. 읍내 사시는 작은 어머니는 준비할 때는 오시지 않고 생신 당일 오셨다. 아침에 곱게 한복을 차려입고 와서 손님 접대만 하시는 데 정말 미웠었다. 그래서 언짢은 표정을 지었더니 어머니는 하루를 참으면 열흘이 편하다고 말씀하셨다. 모든 것이 어머니가 아들을 못 낳으셔서 그러시는 것 같아 애처로운 마음에 숨어서 손등으로 눈물을 닦았다.
  할머니는 살림하다 보면 돈 쓸 일이 많을 거라면서 아버지 모르게 돈을 만들어 어머니의 주머니를 채워 주셨다. 시집살이하던 시절에 시어머니가 며느리에게 그것도 아버지 모르게 쌀 방아를 찧어서 돈을 마련해 준다는 것은 어려운 일이다. 어머니는 할머니와 작은 일도 의논하시고 어려운 일은 도움을 청하기도 하면서 고부간에 갈등 없이 사이좋게 지내셨다. 어머니는 경험을 통해 상대방의 마음을 읽을 줄 아는 혜안을 지니셨다. 어머니 삶은 훗날 내가 시부모님과 갈등 없이 잘 지낼 수 있었던 좋은 본보기셨다. 매 순간 사시는 모습은 지혜가 앞섰고 무던한 인내로 사람답게 사는 법과 배려와 베푸는 기쁨이 어떤 것인지 알게 해주셨다.

나는 장날이 되면 학교가 끝나자마자 읍내장터로 달려가곤 했다. 장 보러 오신 어머니를 찾아다니다 만나면 허리를 쏙 끌어안는다. 기다렸다는 듯이 어머니는 내 손에 과자 한 봉지를 들려주신다. 한 봉지의 과자에 큰 행복을 느꼈다. 땅거미가 질 무렵 어머니는 장짐을 머리에 이고, 나는 손에 과자 봉지를 들고 솔바람을 친구 삼아 십리 길을 걸었다. 평소 바빠서 하지 못했던 이야기, 학교에서 친구들과 있었던 일, 필요한 것을 사달라는 어리광도 부린다. 어머니와 단둘이 걸으며 이야기하는 그 시간이 너무 즐거웠다. 할 말이 아직도 멀었는데 걷다 보니 어느새 집 가까이 왔다. 아쉬운 마음으로 다음 장날을 손으로 헤아려 보곤 했다.

저녁노을이 산 너머로 해를 끌고 가면 마당에 모깃불로 피운 쑥대 연기가 모락모락 피어오른다. 은은한 달빛 아래 멍석 위에서 옥수수와 감자를 나누어 먹으며 도란도란 피어나는 이야기꽃에서도 향이 묻어난다. 풀벌레들의 노랫소리가 정겨웠다. 나는 몸이 약해 잔병치레를 자주 해 걱정을 끼쳐드렸다. 어머니의 무릎을 베고 누워 별을 보고 있으면 거친 손으로 등을 쓰다듬어주실 때면 스르르 잠이 들곤 했었다.

어느 날 감자를 캐는데 할머니는 작은 집에 준다며 크고 좋은 것으로 골라 포대에 담으셨다. 일꾼이 짐을 싣고 대문 밖을 나서는데 할머니는 바가지에 감자를 가득 담아서 허둥지둥 따라가며 이거 더 싣고 가라고 하셨다. 그러면 어머니가 얼른 뛰어가 감자를 받아서 마차에 실어주신다. 옆에 있던 내가 화를 내고 말았다. 그래도 어머니는 할머니께 언짢은 내색을 하지 않으셨다.

어머니는 지금 요양원에 계신다. 많이 약해진 모습이라 보기가 민망스럽다. 우리 자매들은 어머니와 함께 2박 3일 여행을 준비했다. 수안보 온천으로 가는 차 안에서 '어머니의 마음'을 하모니카로 천천히 불러드렸다. 우리 모두가 숙연해졌다. 콘도에 머물면서 밤이 깊도록 추억을 더듬으며 시간이 가는 줄 몰랐다. 어머니가 얼굴 가득 웃으시며 행복해하신다. 지금도 마음속으로는 딸 시집보낼 때 솜이불 해서 보내려고 목화밭을 매고 계신 꿈이라도 꾸고 계신가보다. 어머니의 눈망울이 초롱초롱해지시는 것이 추억 속으로 여행을 떠나시나 보다.

짧은 여행

남편 고교 동창 부인들 모임에서 어디든 훌쩍 다녀오고 싶다는 이야기가 나왔다. 겨울 바다가 모두 좋다고 한다. 아직도 마음만은 소녀인가 보다. 바다에서 불어오는 싸늘한 바람이 나의 머릿속까지 깨끗이 씻어주고 어지럽던 마음까지도 달래줄 것 같다.

아침 일찍 남편들이 배웅을 해주었다. 한 사람도 빠짐없이 다 모였다. 환한 미소로 손을 마주 잡고 흔들며 좋아한다. 집을 떠난다는 것 자체가 즐거움인 듯 행복한 표정들이다. 소녀들처럼 기분이 들떠 보인다. 가족들과의 일상이 즐거움도 있었지만 힘겹고 버거운 일도 많았다는 듯 홀가분해 한다. 차창 밖의 겨울 풍경을 바라보면서 무슨 생각을 하고 있을까?

칠갑산 휴게소에 들렀다. 유기농 우리 농산물이 많이 있었다. 자나 깨나 가족들의 건강이라면 못 말리는 엄마들이라 이것저것 챙기었다. 어디를 가나 잠시라도 가족이 품에서 떠나지 않는가 보다.

흘러간 옛 노래를 부르며 흥겨워들 하는데, 벌써 목적지에 도착했다. 찰밥, 약식, 모시떡, 곶감, 묵 등 먹을 것들을 많이 가지고 왔다. 빈손으로 온 사람은 찬조금을 내기도 했다. 정겨움이 넘치는 풍경이다. 대충 짐을 정리하고 바닷가로 나갔다. 아침에는 잔뜩 흐리더니 이제는 햇님도 환하게 우리를 반겨준다. 백사장으로 밀려오는 파도가 하얗게 이를 드러내며 부서질 뿐, 겨울 바닷가는 한산하며 쓸쓸함마저 감돈다. 지난 여름 모래사장을 맨발로 달리며 활기차게 노는 젊은이들의 모습과 아이들의 환호 소리가 들려오는 듯하다. 어디선가 와자지껄하며 박수 소리가 나더니 수영복 차림의 젊은이들이 차가운 물속으로 뛰어드는 모습이 보인다. 그들만이 가질 수 있는 용기와 낭만이다. 젊음이 부럽다.

　하얀 모래 위에 발자국을 내며 걸어본다. 비릿한 바다 냄새가 가슴 속까지 들어온다. 멀리 하늘의 뭉게구름이 한가로워 보인다. 바람 소리, 파도 소리를 듣고 있노라면 가슴 속에선 무언가 끊임없이 외쳐 대건만 무슨 소리인지 알 수가 없다. 지난 추억들이 꿈처럼 파도 위를 넘나들며 밀려왔다 밀려간다. 지난해 몸이 아파 건강 세미나로 이곳을 다녀갔을 때의 애잔한 추억이 바다 위에 그려진다. 아직은 해수욕장이 한적하기만 한데 파도는 쉬지 않고 밀려온다. 추억은 아름답지만 허전한 마음에 서글퍼진다.

　강물이 흘러 바다로 흘러가듯 인생 역시 세월 따라 흘러간다. 빗물이 실개천을 통해 모이고 모여 강물이 되면서 수많은 계곡을 경험하고 온갖 오염물질을 흡수하면서 흐르다가 마침내 바다를 이루게 된다. 그 물은 증발하여 구름을 이루기도 하고 비가 되어 내리기도 한다. 인생도 이처럼 수많은 죄를 짓고 오염된 채 죽음이라는 바다로 흘러간다. 바다는 모든 것을 삼켜 버리고 정화해 버린다. 우리도 인생의 종착역에서 구름으로 떠다니다가, 정화된 물이 되어 새

룹게 태어날 것이다. 깊이 생각하고 느끼는 만큼 세상은 우리에게
참모습을 드러낸다. 폭력과 싸움으로 가득한 현실에서 넓고 넓은
바다의 깊이와 진실함을 깨닫는다. 일상에서 힘들었던 일도 바다를
보며 위로받고 메마른 가슴도 푸른 바다를 보고 기운을 찾는다.

여행이란 우리가 살아있음을 새겨보고 정다운 친구들과 얘기하
며 즐기는 것이 아닌가 싶다. 푸짐한 저녁상에 생선회가 입맛을 돋
운다. 야채 쌈과 초장이 어우러져 바닷가에서의 신선한 참 맛이 느
껴진다. 못 마시는 술도 조금 곁들이며 흥을 돋운다. 각박하게 살
아온 인생살이 울고 웃던 사연들이 얼마나 많으랴. 남편 흉도 보고
서운했던 일들도 모두 이야깃거리다.
한 친구는 시집와서 40년 동안 시부모 모시고 사는 게 힘들었단
다. 얼마 전에 돌아가셨는데, 지나고 보니 미안한 일도 많단다. 돌
아가신 후에 생각해 보니 좀 더 잘해 드릴 걸 하며 눈물을 글썽였
다. 우리는 손뼉을 치며 장하다고 위로했다. 한 친구는 남편과 성격
이 맞지 않아 힘들었지만, 시어머니가 보듬어주셔서 꺾이지 않고
지금까지 살아왔다며 시어머님께 고맙다고 했다. 또 다른 친구는
자기 남편한테 지금까지 사랑한다는 말 한마디 못 들은 것이 못내
아쉽다며 억울하단다. 남자들은 여자 맘을 너무 모른다. 그 흔한 사
랑한다는 말과 칭찬 한마디면 서운했던 모든 것이 사라진다는 것
을 왜 모르는지… 푸념이 한 풀이하듯 이어진다.
나도 치매 걸린 시어머님 십여 년 넘게 모시면서 화를 낼 수도
없고 웃을 수도 없는 일이 자주 일어나다 보니 몸과 마음이 지칠

때도 많았다. 연민의 정을 느낄 때는 부둥켜안고 울기도 했다. 남편의 고맙다는 위로의 말이 어려움을 참아 내는 데 큰 힘이 되었다. 나에게는 황금 같은 시간이 훌쩍 지나간 것이 못내 아쉬웠지만, 지난 세월 잘 참아 냈다는 생각에 후회는 없다. 먹을 것이 있으면 너도 먹으라며 내밀던 그 손이 그리워진다. 우리들은 이제껏 잘 참고 살아왔으니 인생의 승자라며 자축하는 박수를 모두에게 쳤다.

윷놀이가 시작되었다. 상품도 없고 내기 윷놀이도 아닌데 어찌나 재미있게 놀았던지 시간 가는 줄 몰랐다. 편한 마음으로 친구들과 하룻밤 동안 이야기꽃을 피우며 지새우는 것도 즐거웠다. 오늘 밤의 향기가 오래도록 남아서 삶의 활력소가 되었으면 한다. 다음을 기약하면서 한결 가벼워진 마음으로 돌아올 수 있었다.

웃음은 아름다운 보석

　서양인들은 눈이 마주치면 친절하게 먼저 눈인사와 미소를 보낸다. 우리는 낯선 사람이랑 눈이 마주쳐 웃어주면 정신이 이상한 사람으로 취급을 당하기도 한다. 아파트 승강기 안에 모르는 사람과 짧은 시간이지만 같이 탈 때가 있다. 가벼운 목례나 미소를 지으면 어색하지도 않고 좋으련만, 먼저 아는 척을 했다가 누구시더라? 하는 표정을 지으면 오히려 민망해진다.

　한국 이미지 연구소의 발표에 의하면 이탈리아인은 하루에 19분, 프랑스인은 18분, 영국인은 15분, 한국인은 6~7분을 웃는다고 한다. 어린아이는 하루에 몇백 번을 자지러지게 웃는데, 노인들은 하루에 다섯 번도 웃지 않는다고 한다. 웃는 숫자가 줄어들면 점점 죽어가고 있다는 신호라고 한다. 하루에 한 번도 웃지 않았다면 살아서 움직인 게 아니고, 시체로 하루를 보낸 것이나 마찬가지란다.

　마릴린 먼로는 "유머가 없는 사내와 상대하는 것은 마치 감자를 날로 갈아서 먹는 것과 같다."라고 말했다고 한다. 공자도 "건강하고 싶으면, 분한 것도 참고 많이 웃으라." 고 충고했다. 세계 최고의 아인슈타인도 "나를 키운 것은 유머이고, 내 최대 장기는 농담이다." 라며 천재조차 웃음이 인간에게 얼마나 소중한 선물인지 알려주었다. 웃으면 탁월한 면역력이 생긴다. 또 다른 혜택은 온몸을 마사지해 주는 효과다. 얼굴, 목, 어깨의 근육을 적당히 이완시켜 근육통을 없애준다. 움켜쥐면서 웃으면 내장운동이 활발해져 장에 이로운 약을 먹는 것보다 효과가 좋아 단단하고 황금색 변도 선물로 받는다고 했다.

스탠포드대학 윌리엄 프라이 박사는 우리 몸은 650개의 근육으로 되어 있는데 한번 크게 웃으면 231개의 근육이 움직이는 기적이 일어난다고 말한다. 웃음의 또 다른 혜택은 세상을 긍정적으로 바라보게 된다. 하지만 "사람은 하루에 6만 가지 생각을 하는데, 그 가운데 4만 가지는 부정적으로 생각하는 습성이 있다."고 하니 안타깝다.

웃음은 세상에서 가장 아름다운 보석이다. 이 아름다운 보석은 사랑하는 이들의 웃음이다. 웃음은 참으로 신비함을 지녔다. 삶이 힘들고 지칠 때면 모든 것을 감싸주는 엄마의 웃음을 마음에 담아본다. 그러면 마음이 평안해진다. 불안할 때 아빠의 믿음직한 웃음으로 든든함을 얻는다. 나의 못난 모습까지도 웃음으로 받아주는 가족이 있어 행복하다. 나도 가족에게 편안한 웃음으로 힘이 되고 싶다. 활짝 웃는 사람이 옆에 있으면 마음이 편안해지고 기분이 좋아진다. 의도적으로라도 웃어야 한다. 행복한 일이 생겨서 웃는 것이 아니라 웃으면 행복해진다.

웃음은 인간만이 누릴 수 있는 특권이다. 암 환자들의 완쾌 순서는 웃음소리에 비례한다고 한다. 웃음소리가 큰 사람일수록, 치유 속도가 빠르다고 한다. 나는 유머가 풍부하고 잘 웃는 사람이 부럽다. 어떤 신사가 여자 화장실에 잘못 들어왔다. "어머, 아저씨 이곳은 여성용이에요. 빨리 나가세요." 하자 남자가 천연덕스럽게 "저도 여성용입니다." 하더란다. 기분 좋게 재치 있는 농담으로 다가오는 사람은 상대의 기분을 좋은 만드는 마술사가 된다. 어느 교회의 부흥회에서 젊은 강사가 전도의 필요성을 역설하면서 맨 앞쪽에 앉은 할머니에게 다가가 눈을 맞추며 "열심히 전도하십시오. 전도를 못하겠으면 애라도 낳아 오십시오." 했단다. 모두가 배를 움켜쥐고 한참을 웃었다고 한다. 우리 친구는 모임에 가는데 바빠서 빨리 머리에 스프레이를 뿌리고 급히 택시를 탔는데, 기사 양반이 어디서 모기약 냄새가 난다고 수선을 떨었다. 곰곰이 생각을 하니 급하게 뿌린 스프레이가 모기약이었던 것 같다고 해 한바탕 웃었다.

이렇게 유머는 세상이나 인간의 결함에 대해 익살스럽고 우스꽝스러운 말이나 행동으로 많은 사람에게 웃음을 선사한다. 웃는 사람이 되려면 아프지 않고 건강해야 한다. 거울 속의 무표정한 제 얼굴을 볼 때 굳어 있음을 보게 된다. 억지로 환하게 웃어 본다. 아까보다 훨씬 예쁘네 하며 또 하하하 하며 웃어봤다. 그런데 왠지 모르게 웃기 전보다 기분이 좋아졌다. 우리가 살아가면서 항상 기쁘고 즐거운 일만 있다면 얼마나 좋을까? 그럼 매일 웃는 얼굴이 될 것이다. 그렇지만 살면서 슬프고 화나고 걱정되는 때도 많다. 그때마다 우리도 모르는 사이에 입 꼬리가 처지고 얼굴에 주름이 잡혀간다. 피부과 의사는 주름 펴주는 수술 대신 얼굴 근육 풀어주는

운동을 하라고 권한다. 천천히 입을 크게 벌리며 아~에~이~오~
우를 반복해 본다. 아가의 천진하게 웃는 사진이나 손자 웃는 사진
을 걸어 놓고 웃어 보자. 나도 웃고 다른 이에게 웃음을 주도록 노
력하며 살아간다면 일석이조가 아닐까.

영원한 길동무

내가 어렸을 적에 아버지는 신문 가져오는 일을 나에게 시키셨
다. 학교에서 신문사 지국이 있는 읍내까지는 꽤 먼 거리로 집과는
반대 방향이었다. 읍내 가서 신문을 가져올 때면 언제나 혼자서 걸
어와야 했다. 아버지께 효도하는 일이라 생각해 불평은 하지 않았
다. 15리나 되는 길을 혼자 걷다가 나무 그늘에 앉아 잠시 쉬면서
신문을 조금씩 읽어보기 시작했다. 차츰 관심을 갖게 되면서 책이
나 신문을 읽는 것이 즐거워졌다. 그때만 해도 우리들이 읽을만한
책이 많지 않을 때라 책과 친하게 지내기는 그리 쉽지 않았다.

우리 집에서는 다 보고 난 신문지를 화장실 휴지로 쓰곤 했다. 화
장실에서 신문을 읽으면 머릿속에 더 잘 들어오는 것 같아 종종 일
을 보고 난 뒤에도 화장실의 향기는 아랑곳하지 않고 한참을 더 머
물렀다. 하루는 밖에서 언니가 내 이름을 부르는 소리가 들리는 것
같은데도 신문 읽는데 열중하다 보니 먼 곳에서 들려오는 것 같아
그냥 지나쳤다. 잠시 후, "너! 심부름하기 싫어서 대답도 하지 않고
있었지?" 하는 언니의 소리를 듣고 깜짝 놀랐던 일도 있었다.

여고 시절 방학이 되어 집에 오면 농촌이 매우 바쁜 시기였다. 할머니는 소죽 끓이는 솥에 불을 때시고 동생들도 잡다한 심부름을 하며 가사 일을 도왔다. 나에게는 소 풀 뜯기는 일을 시키셨다. 처음엔 소가 무서웠지만, 우리 소는 순둥이라 말도 잘 듣고 말썽을 부리지 않아 좋아하게 되었다. 왼손으로는 소고삐 줄을 잡고 오른손으로는 책 한 권을 옆에 끼고 산속으로 향한다. 풀이 많이 있는 곳을 찾아서 소를 놓아주면 혼자서 이리저리 다니면서 풀을 뜯는다. 산새 소리, 풀벌레 소리를 들으며 책 읽는 기분은 아주 즐거웠다. 시간이 좀 지나면 풀밭에 누워 높은 하늘에 피어오르는 뭉게구름 따라 내 마음도 한없는 자유와 행복을 느끼며 콧노래도 불러 본다. 풀꽃도 나무도 바람도 춤을 추며 은밀한 속삭임이 들리는 듯하다.

숲에서 들리는 새소리, 풀벌레 소리, 매미 소리, 자연에서 들리는 소리를 듣노라면 마음이 평화로워지며 행복해진다. 책 속의 주인공이 되어 희로애락을 느끼며 시간 가는 줄 모른다. 흠뻑 빠져 읽다 보면 서산으로 노을이 아름답게 진다. 어둑어둑 지는 해를 뒤로하고 나는 소를 몰고 집으로 향한다.

큰아이가 초등학교 다닐 때 아이를 데리고 바이올린 레슨을 받으러 갔을 때였다. 긴 시간을 기다리다 옆방을 열어보니 책이 몇 권 꽂혀 있었다. 그중에 데일 카네기의 '사람을 다루는 비결'이라는 책이 눈에 들어왔다. 호기심에 펼쳐 보았으나 시간이 없어서 그냥 왔다. 그 다음주에 못 읽은 책이 아쉬워서 다시 들렀으나 아무도 없었다. '책 도둑은 도둑이 아니라고 하지 않던가?' 주인이 누구인지는 모르겠으나 읽고 싶은 마음에 실례를 무릅쓰고 책을 가져왔다.

이 책은 각자의 능력을 개발하고 이용하도록 마음을 여는 지침서다. 타인을 비난하거나 주어진 상황을 불평하지 않고 자신의 욕구를 불러일으키라는 내용이었다. 나는 아이들에게 어릴 적부터 스스로 움직이고 싶은 마음이 생기도록 칭찬하라는 말이 가슴에 와닿았다. 그리고 만나는 사람마다 친구로 만들어라, 비판과 불평을 하지 말라는 말을 마음에 간직하기로 했다. 두고두고 읽어야 할 인생의 지침서였다. 솔직하고 진지하게 칭찬하는 일은 생각해 보면 간단하고 당연한 일인 것 같다. 나부터도 사소한 것이라도 칭찬해 주는 사람에게 자연히 호감을 느끼게 되고 그 사람 말에 귀를 기울이게 된다. 나도 오늘부터 아이들에게 사소한 일에도 칭찬을 건네는 것을 시작해 보기로 했다. 책을 돌려줄 때, 주인의 허락 없이 책을 가져가 미안했고 인생에 도움이 되는 좋은 책이었다고 몇 자 적어 그 자리에 꽂아 놓았다.

서울에 볼일 있어 갈 때도 일찍 가서 일을 보고 저녁 막차 표를 끊어 서점에 들른다. 신간은 어떤 것이 나왔는지 둘러본다. 책을 이리저리 뒤적이다 읽고 싶은 책을 찾아 한 권 들고 서서 두어 시간 정도 읽으면 다리, 허리가 다 아프다. 하지만 마음은 즐겁다. 사람 다니는 층계에 앉아서 누가 쫓아오는 것처럼 읽다가 맘에 들면 사가지고 온다. 사고로 척추를 다쳐 오랫동안 깁스를 하고 꼼짝도 못하고 누워있던 때가 있었다. 고통과 무료함을 달래기 위해 깁스한 가슴 위에 책을 얹고 읽으며 지루한 시간을 잘 견뎠던 기억이 떠오른다. 책 읽기를 좋아했던 것이 참으로 다행이었다.

　요즈음 방황하는 젊은이들에게 책을 많이 읽으라고 권하고 싶다. 나는 우리집 애들에게 늘 하는 잔소리가 책을 많이 읽으라는 것이다. 다른 사람이 오랜 시간 동안 연구하고 공부한 것들과 살면서 경험하며 느낀 것들을 우리는 쉽게 책으로 만나는 것이다. 거기에는 우리가 알지 못했던 지식과 진리가 숨어 있었다. 책으로 보는 세상이 얼마나 넓고 깊던가. 사랑도 배우고, 용서도 배우고, 지혜도 얻고, 아름다움도 느끼고, 미래의 세계도 경험할 수 있다. 나를 돌아볼 수도 있었고 희망과 용기도 얻었다.

　시간이 흐른 뒤 다시 집어 든 고전엔 미처 보지 못했던 것들이 보였다. 그런데 우리는 왜 고전을 읽어야 할까? 어떤 책이 세상에 나온 후 오랜 세월 동안 수많은 사람이 읽고 또 읽히면서 다음 세대에게 권한 책이 바로 고전이라고 한다. 그래서 고전에는 변하지 않는 인간의 가치가 들어 있고, 그렇게 살아남아 지금 우리들 앞에 놓여 있는 것이다. 고전을 읽으면 새로운 이해, 변화된 판단, 뜻하지 않은 영감… 이런 것들이 고전을 다시 읽어서 얻을 수 있는 선물이다. 평생 나의 벗이 되어준 책이 고맙다. 앞으로도 좋은 책을 많이 읽어 마음을 넓히고 세상을 아름답게 보는 눈을 가져 보길 희망해 본다.

실버들의 합창

    찌는 듯한 더위가 어느새 뒷걸음을 치며 사라지고, 가을이 성큼 우리 곁에 다가와 아침저녁으로 옷깃을 여미게 한다. 치매나 중풍 같은 노년에 찾아오기 쉬운 질병을 예방하기 위해 음악치료가 필요하다고 한다. 오늘은 노인 치매와 중풍 예방을 위한 합창 경연대회를 하는 날이다. 도내 17개 팀의 합창단이 참가하여 실력을 자랑한다. 물론 순위를 가려서 시상도 하지만 참가하는데 큰 의미를 둔다. 단양, 제천, 영동 먼 곳에서도 참가하기 때문에 오후 2시부터 시작이지만, 무대에서 리허설을 해 보려고 아침 일찍부터 시민회관으로 모여들기 시작했다. 여느 젊은이들 못지않게 열성이 대단하다. 의상도 화려하다. 예쁜 드레스를 입는가 하면 우아한 한복 차림까지 아주 다양하게 차려입은 모습들이 아름답다. 보통 때보다 얼굴에 화장도 곱게 하고, 립스틱도 진하게 바른다. 무대 화장을 하고 환하게 웃어본다. 남자 어른들도 빨간 재킷에 나비넥타이를 매고 한껏 멋을 부린 모습이 한층 젊어 보인다. 오늘만은 다가온 노년을 뿌리치고 젊은이들 못지않게 가슴을 활짝 펴고 당당해 보이고 싶다.

대기실의 풍경이 다채롭다. 초등학생이 발표회 때 순서를 기다리며 가슴 설레고 초조해하는 모습과 똑같다. 가사를 못 외웠는지 악보를 들고 있는 모습도 보이고, 실수할까 조바심 내는 표정도 보인다. 왜 그리도 가사가 잘 외워지지 않는지 애를 먹었다. 푸른 들판에서 양 떼들이 풀 뜯는 모습과 나무 그늘에서 낮잠 자는 송아지를 연상하면서 가사를 다 외웠다. 하지만 정작 노래를 할 때면 첫 발음이 얼른 나오지 않아 안타까울 때도 있었다. 서글픔이 밀려온다.

인간을 창조할 때 보이지 않는 곳에 목소리만은 숨겨 놓은 것 같다. 인간의 모든 장기는 공명 촬영이 가능한데, 목소리만은 찍었다는 이야기를 들어보지 못했다. 내 소리는 낮추고 옆 사람의 소리와 키를 맞출 때 어울림의 소리를 만들어 낸다. 그 목소리가 어찌나 섬세하고 아름다운지, 지휘자의 손끝에 따라 화음을 이뤄내며 깊은 울림을 준다. 처음부터 아름다운 화음은 아니었다. 각자의 음색을 살려 연마와 연습을 통해 양보와 조화, 균형을 이뤄내는 것이 합창이다. 그 안에 녹아 있는 단원들의 땀과 희생, 헌신이 있기에 가능한 일이다. 할머니들의 발걸음도 하늘을 나는 듯 가벼웠다. 아름다운 음악에 청중들은 많은 박수를 보낸다. 노인이라도 열심히 하면 할 수 있다는 자신감을 갖게 되어 행복했다.

노랫말과 리듬의 기억을 통한 음악치료는 인지기능과 일상생활 능력을 향상시킨다고 한다. 우리 정서에 맞는 곡으로 구성된 음악요법은 치매나 중풍에 효과적이고 기억력을 많이 향상시킨다. 정

서적 안정감으로 우울감을 감소시키고 자아 존중감을 높혀 노인들의 치매나 중풍 예방에 도움을 준다고 한다.

노인이 되면 찾아오는 외로움과 소외감을 지혜롭게 대처하며 더욱 활기차게 보내야 한다. 나뭇잎이 물들고 낙엽이 거리에 뒹굴듯 가을처럼 움츠러드는 것이 노인이다. 적극적으로 자기 변화를 찾고자 노력하는 노인이 있는가 하면 고독하게 사는 노인도 의외로 많이 있다.

음악은 슬플 때는 눈물로, 기쁠 때는 미소로, 외로울 때는 조용한 위안으로 사람을 사로잡는 큰 힘이 있나 보다. 음악을 듣다가 나도 모르게 눈물이 날 때가 있다. 음악은 영혼을 건드리는 신의 선물이라고 했다. 칼릴지브란의 말대로 '음악은 심연에 우리 마음을 가라앉히고, 우리에게 귀로 보기를 가르쳤으며 마음으로 듣기를 가르쳤다' 라는 말이 옳다는 생각이 든다. 홀로 부르는 노래도 즐겁지만, 함께 부르는 노래는 더욱 즐겁다. 나는 오늘 정성껏 노래를 부르며 나의 삶도 이웃에게 즐거움과 평화를 주는 것이 되길 바란다.

사이판 가족여행

  핸드폰을 열거나 키보드를 몇 번 두드리기만 하면 온통 코앞에 다가앉는 세상, 어렵게 발품을 팔지 않아도 구석구석 풍물을 맛볼 수 있다. 하지만 내 발로 걷고 눈으로 보고 느끼는 여행이 가장 즐거운 여행이라 생각한다. 낯선 사람과 낯선 언어, 낯선 음식이 있는 곳에서 나는 싱싱해지는 젊음을 느낀다. 여행은 세상도 만나지만 나를 만나는 시간이기도 하다. 가족여행은 우리 부부와 사남매, 손자들 모두 20명이다. 아이들이 어울려 놀기 좋은 사이판으로 여행을 가게 되었다. 대가족이 일정을 맞추기 쉽지 않았지만, 함께 여행하며 맛있는 식사도 즐기고 정담을 나눌 수 있어 즐거웠다.

  서태평양에 있는 사이판은 강화도 크기의 산이 많은 작은 화산 섬이다. 일본이 30년간 통치하다가 2차 세계대전에 패망하면서 미군에 점령되어 지금은 주요 군사기지로 사용되고 있다. 세계열강의 침탈에 시달린 슬픈 역사를 지니고 있다. 산호초가 바다 위로 솟아오르면서 형성된 섬으로 주변 풍광이 매우 아름답다. 원주민인 차모로족의 전통과 가톨릭 문화, 현대 미국 양식이 뒤섞여 있다.

모계중심사회인 차모로족의 전통 때문에 결혼할 때 신랑은 지참금으로 집과 세간살이를 장만하고 결혼하면 신부의 소유가 된다. 현재 이런 풍습은 거의 사라지고 일부만 남아있다. 대부분 미국 본토에서 수입한 생활용품을 사용하며 일상생활은 거의 미국식으로 이루어진다. 대중교통이 발달하지 않아 보행자가 버튼을 눌러야 신호등이 바뀐다. 전통 차모로 문화의 영향은 축제 때 음악, 구전민요, 전통공예, 요리 등에서 찾아볼 수 있다. 대부분 가톨릭을 믿고 있다. 기후는 평균 27℃ 이상이고 언어는 영어와 소수 민족어를 같이 쓴다. 시차는 한국보다 1시간 빠르다.

네 시간의 비행 끝에 하파다이 국제공항에 도착했다. 이번 여행은 겨울에서 여름으로 성큼 다가가는 여행이라 즐거움을 더했다. 호텔에 들어서자마자 입고 간 겨울옷을 벗고 여름옷으로 갈아입었다. 호텔의 모든 객실이 해변을 향하고 있어 바다의 전망이 한눈에 들어왔다. 바다에서 놀고 있는 사람들과 풀장에서 수영하며 즐거워하는 아이들, 지나가는 배들마저 모두 행복해 보였다.

우리 아이들도 어느새 수영복으로 갈아입고 풀장으로 뛰어간다. 우리가 투숙한 월드 리조트는 한화에서 운영하고 있으며 부대시설이 잘되어 있다. 외국이라는 느낌이 들지 않을 정도로 한국인이 많아 편리한 점도 많았다. 대부분 젊은 부부가 아이들을 데리고 왔고 부모님을 모시고 온 가족은 손꼽을 정도다. 수영장에는 파도 풀, 슬라이드 등 다양한 시설과 프로그램이 있어 아이들이나 어른도 함께 즐길 수 있다. 수영장 바로 아래에 바다가 있어 수영하다가 바다로 가서 배를 타고 노를 저으며 뱃놀이도 할 수 있다. 사이판 주변의 바다는 산호초가 자연 방파제가 되어 파도나 거센 물결이 거의 없다. 해수욕장으로 자연환경 그 자체가 휴식을 즐길 수 있는 천혜의 관광지다. 식사는 뷔페식으로 한식, 중식, 일식으로 음식의 종류도 다양하고 식당도 바꾸어 가면서 즐길 수 있다.

우리 부부는 아침 일찍 바닷가 산책에 나섰다. 백색의 산호초 모래 위에 바람은 그냥 지나가지 않고 흔적을 남긴다. 부드러운 바람에 레몬빛 햇살에 찬란한 물결이 인다. 형언하기 어려운 빛깔의 추상화가 물결 위에 일렁인다. 빛의 향연을 보는 듯 나의 마음을 사로잡아 황홀경에 이르게 하였다. 불어오는 바닷바람의 상쾌함이 내 삶에 청량감을 준다.

아침 식사는 뷔페식당이다. 많은 사람이 식사하는데 질서 있고 서두르지 않으며 미소로 눈인사를 하는 모습들이 여유로워 보인다. 여행이 주는 즐거움에서 마음이 풍요로워서일까. 우리 손주들도 자기들이 좋아하는 음식을 가져다주며 많이 잡수시라 한다.

시내 관광에 나서는 길에, 제2차 세계대전 당시 일본군에 의해 강제로 목숨을 잃은 억울한 한국인들의 영령을 위로하기 위해 건립된 한국인 추모탑이 보였다. 나는 차를 세워 달라고 했다. 묵념이라도 하고 가야 할 것 같아서다. 불쌍한 영혼들을 위로하는 기도를 하면서 가슴이 찡했다. 사이판 여행을 오면 고향을 그리워하며 돌아가신 분들의 넋을 애도하는 시간을 잠시라도 가졌으면 한다. 아름다운 섬에 전쟁의 상흔이 남아있는 것이 안타깝다. 전쟁이 수많은 사람을 죽음으로 몰아넣고 슬프게 한다는 것을 우리는 뼈저리게 경험한 국민이다. 다시는 이 땅 위에 전쟁이 일어나서는 안 된다고 생각했다. 만세 절벽은 남태평양 바다가 내려다보이는 80m 높이의 사이판 최북단에 위치한 절벽이다. 일본인들이 미군에 쫓기다가 절벽에서 만세를 외치며 몸을 던졌다고 한다. 절벽 아래는 마리아나 해구가 위치하고 있다. 세계에서 가장 깊은 바다로 에베레스트 산이 들어가고도 남는 깊이라 한다. 적도 부근인 이곳에서 바라보는 지평선이 장관이었다. 바다를 보면 수평선이 볼록렌즈처럼 휘어져 보였다. 하늘과 바다가 가장 가까이 있다고 한다. 지구는 참으로 아름답고도 신비하다.

관광을 마치고 돌아와 오후에는 용기를 내어 수영복을 입고 수영장과 바다를 오가며 물장구를 쳐 보지만 뜻대로 안 된다. 그래도 손주들과 수영도 하고 튜브 타고 슬라이딩을 하며 시간 가는 줄 모르고 놀았다. 바쁘게 돌아치며 노는 아이들과 생기 가득한 젊은이들이 일렁이는 수풀처럼 싱그러워 보인다. 나도 그 속에 끼어 있으니 절로 푸른 물이 드는 것 같았다. 다시 되돌릴 수 없는 젊음의 시간들을 즐겨볼 겨를도 없이 훌쩍 떠나보낸 세월이 아쉽기만 하다.

오늘은 사이판의 진주라고 불리는 마나가하섬으로 가기 위해 반잠수함을 탔다. 바다 밑바닥이 보일 정도로 맑고 깨끗하다. 산호초들이 텃밭을 이루고 있어 가까이서 크고 작은 산호초를 볼 수 있었다.

　20분 후 섬에 내리자마자 우와! 하는 탄성이 절로 나온다. 하늘보다 더 파란 에메랄드빛과 청록색이 뒤섞인 아름다운 물빛이다. 부드러운 모래밭, 뜨거운 태양, 푸른 하늘이 그림처럼 펼쳐지는 곳이다. 각종 스포츠도 많지만 아이들은 모래 장난과 수영을 하고, 어른들은 스노클링을 즐기기로 했다. 수심이 얕고 투명한 앞바다는 최고의 스노클링 명소라 한다. 오리발을 신고 스노클링에 필요한 물안경을 쓰고 호흡기를 입에 물고 물속으로 헤엄쳐 다닌다. 먹이를 주면 많은 물고기가 몰려든다. 아이들은 놀라 소리치며 즐거워한다. 손에 잡힐 듯하며 사람과 사람 사이를 자유롭게 헤엄치는 물고기와 노는 것이 재미있어 시간 가는 줄 모른다. 남편과 나는 조금 일찍 물에서 나와 섬 구경을 하기로 했다. 열대 숲을 걸으면 주렁주렁 달린 과일이며 곧게 자란 시원스런 열대 식물들의 이국적인 풍경이 우리를 즐겁게 한다. 수영장 반대편 바다는 수심이 깊어 물빛이 더욱 아름다웠다. 하루에도 일곱 가지 색깔로 시시각각으로 변한다고 한다. 어딜 봐도 그림 같은 풍경이다. 그냥 하늘, 바닷물, 모래일 뿐인데 참 예쁘다. 흘러가는 시간이 야속하게만 느껴졌다. 이제는 돌아갈 시간이다. 더 놀고 싶다며 아쉬워하는 아이들을 재촉해 샤워를 시키고 수건으로 물기만 닦고 배에 올랐다.

　여행 마지막 날 저녁은 해변 야외 레스토랑에서 식사를 했다. 센셋 바베큐로 식사를 하면서 원주민 파모로족의 폴로네시안 민속

공연을 감상할 수 있었다. 말은 통하지 않지만 노래와 춤에서 그들만의 풍습과 생활을 엿볼 수 있었다. 가로등이 없는 바다의 밤하늘은 별이 쏟아질 듯 가득하다.

아들, 딸이 마사지를 예약해 놓았다고 한다. 경로우대라며 웃는다. 이번 여행은 몸과 마음이 힐링되는 여행이었던 것 같다. 푸른 바다와 뜨거운 태양만큼이나 눈부셨던 사람들의 미소와 맑은 공기가 그리워질 것이다.

틈

   아파트의 동과 동 사이 틈으로 보는 풍경이 아름답다. 이 틈이 없었다면 아파트 생활이 얼마나 삭막했을까. 창틈으로 들어오는 햇빛과 달빛, 바람, 산에서 바위틈을 비집고 돋아나는 아름다운 들꽃, 장독대 옆 돌 틈을 비집고 무성하게 자라나는 풀, 세상은 온통 틈에서 시작된다. 그리고 바쁘게 밭에 풀을 뽑다 잠시 쉬어보는 시간과 시간 사이에도 틈이 있다. 우리는 하루에도 수없이 어떤 틈들과 만난다. 자연과 우리 일상 시간 사이에 어떤 틈이 있듯이 사람과 사람 사이에도 틈이 있다. 상대방을 넉넉히 이해하고 받아들이는 여백으로서의 긍정적인 틈이 있는가 하면, 서로를 오해하고 거부해서 벌어지는 어둡고 부정적인 틈도 있다. 어떤 관계가 좋지 않을 때 틈이 벌어졌다는 말을 쓴다. 결혼생활에서 틈이 생겼다고 할 때는 힘든 상황이 발생한 것이다.

   희망과 신뢰를 바탕으로 한 사랑의 틈이야 많을수록 좋고 힘이 되지만, 서로 마음이 통하지 않아 빚어지는 마음의 틈은 항상 슬픔과 우울함을 남겨준다. 우리가 살아가면서 가족관계나 친구 사이에 보이지 않는 틈이 생길 때가 있다. 어떤 큰 이유도 없이 평소에 가까이 지내던 사이가 벌어져 생기는 틈은 차라리 큰 소리로 싸우는 것보다 어려울 때가 많다. 이런 틈을 어떻게 메워가야 할지 방법을 몰라 애를 태울 때도 있다. 잘해주고 싶어 좋은 뜻으로 한 말과 행동이 잘못 받아 들여져 어색한 틈이 만들어지면 울고 싶도록 마음이 답답하다. 우리네 가정에서도 이런 틈들이 일어나는 경우가 많다. 이럴 때는 어떻게 할까. 틈이 필요 이상으로 길어지게 그냥 내버려 두어도 안 된다. 너무 성급히 메우려다 낭패를 볼까 망설이게 된다. 그러므로 기회를 보아 자연스럽고 슬기롭게 메워가야 하는 것이 사람과 사람 사이 틈이다. 무엇보다도 용서와 화해로 서서히 메워 나가야 할 것이다.

살면서 내 탓으로 가족이나 친지나 친구 사이에 벌어진 작은 틈이라도 없는지 자주 살핀다. 그런 일이 있다면 좀 더 따스하고 정다운 사이로 메워가는 노력을 해야 할 것이다. 남편에게도 너무 가깝다고 예의 없이 굴었던 일은 없었는가 생각해본다. 굳게 약속하고 지키지 못한 것은 없었는지. 상대의 마음을 제대로 읽어 주지 못한 무관심으로 그의 기대를 저버린 일은 없었는지. 나의 이기적인 태도가 자존심에 상처를 주지는 않았는지. 아무리 의좋은 부부라 해도 어찌 틈이 전혀 없겠는가. 어떤 틈은 내가 원하는 것처럼 그렇게 당장 메워지지 않을지도 모른다. 그것이 내 탓으로 벌어진 틈이라면 그만큼의 대가를 치러야 한다. 상대가 나를 거부하고 나에게 좋지 않은 말을 하더라도 당황하지 않고 묵묵히 견뎌 낼 수 있는 용기와 참을성을 지녀야겠다. 누구보다도 나 자신을 위해서도 참고 최선을 다해야 한다. 겸손하고 성실하게 이 틈을 메워가지 않으면 나에게 결코 참된 평화와 행복이 있을 수 없기 때문이다.

사랑하는 사람이 내 마음을 헤아리지 못해서 서운할 때는 맘을 접어두고 하늘을 본다. 별들도 가끔은 어긋날 때가 있겠지, 서운하다고 즉시 화를 내는 것은 어리석은 일이지 하고 생각한다. 숨은 그림을 찾는 데도 노력이 필요하듯 삶의 의미를 찾는 데는 꾸준한 노력이 필요하다. 겨울이 지나면 봄이 오듯, 여름에 숨어 있는 가을, 슬픔 속에 숨어 있는 기쁨, 농담 속에 숨어 있는 진담 등 이렇게 숨은 것을 볼 줄 알면 삶이 지루하지 않다.

세상사가 언제나 뜻대로 되는 것은 아니다. 누구나 상식적인 생각을 가지고 있다고 생각했는데 전혀 통하지 않을 때 우리를 난감하게 만든다. 문제를 푸는 열쇠는 우리에게 있고 언제나 승리하고 성공하는 사람은 상대의 마음을 읽어 낼 줄 아는 사람이다. 효과적인 설득을 위해서는 적절한 시간이 필요하다. 햇살이 좋을 때 빨래를 말리지 않으면 때를 놓치게 된다. 작은 불씨도 제대로 잡지 않으면 큰불로 번지는 것을 막지 못한다. 사람답게 사는 것이 얼마나 어렵고 그런 삶을 얻기까지 많은 것을 버려야 한다는 것을 느낀다. 사람과 사람 사이의 벽난로로 따뜻한 정을 나눌 수 있기를 바란다.

화목한 가정은 행복의 조건이다. 가족은 나를 기쁘게도 하고 슬프게도 한다. 나에게 사랑과 격려해주는 가족이 있는 곳에 행복이 깃든다. 가족 간의 협력이 이루어질 때 아이들이 힘차고 올바르게

자랄 수 있다는 것을 우리는 경험으로 안다. 사랑이 있는 고생은
더 큰 행복을 안겨준다.

작품해설

조각보 수필집을 읽는 행복

-정금자 수필집 『조각보』를 읽고

김홍은(충북대학교 명예교수)

　수필은 삶의 철학이다. 정금자의 『조각보』수필집은 소재를 통한 현실의 세계를 사유하는 언어로 부르는 노래이다. 인생의 죽음과 삶을 깨닫기 위한 체험의 고뇌로 형상화한 수필이다. 자연으로부터 관찰한 생명을 표현해낸 심오한 내용으로 독자를 감동시키고 있다.

　정 작가 작품들은 인생길의 행복을 갈망하는 삶이지만 생명과 죽음의 의미를 터득한 채 외나무다리를 건너가는 기분으로 진솔하게 들려준다.

　생명은 참되고 순수함이며 아름다움의 빛이다. 모든 생물은 생명으로 이어져 꽃을 피워가듯이 수필문장을 추구하는 본질로 사랑과 죽음에서 이끌어 내는 생명의 빛으로 연결시키고 있다.

　정금자 수필가는 30대의 젊은 나이에 죽음의 그림자를 밟으며 늘 생명줄의 강인한 줄타기 의지로 살아온 삶이다. 자신의 병약한 약점을 지니고 있음을 알고 있음에 건강의 지식이나 감정으로 생명을 이어가려는 깨우침으로 고통을 감내하며 수 없는 노력으로 병을 이겨내었다.

오로지 생명의 가치를 아내의 이름으로, 자식의 어머니로서 가족의 책임감을 잃지 않으려 인간적 본연의 존재로 병마를 이겨내어 오늘까지 살아왔다. 양약과 민간전통 한방을 익혀 체험으로 침술에 의지하며 문학의 끈을 놓지 않는 정신력이 작품에 젖어있다.

화자는 이러한 고통에서도 한 번도 좌절하거나 허무감에 빠져 자신의 생명을 지키는 일을 게을리 하지 않는 침착하고도 의지력意志力이 강한 남다른 수필가다.

억척스럽고 치열한 끈기력으로 생명의 줄타기로 살아왔듯이 수필 쓰기도 이와 같이 추구하는, 생명의 진선미를 담아내고 있다. 죽음 연습으로부터 생명의 소중함을 깨닫고 인생의 의미를 터득함에 삶을 해탈한 감성을 들려주었다.

정금자의 대표작은 일상의 삶이 인의예지仁義禮智를 지극히 인간적인 생활에서 종교적 사랑을 바탕에 둔 생명 의식이 자신의 박식함으로 똘똘 뭉친 작가로 생명력의 강한 의지로 작품을 형상화하여 놓았다.

〈 관속에 누워서 〉

성당에서 죽음 예행연습을 한다고 광고를 접하고 이색 행사에 마음이 이끌리어 신청했다. 관속에 누워 자신의 장례식 풍경을 상상해보았다. 살아오면서 인연이 되었던 조문객들이 줄줄이 스치며 보인다. 생각해보니 사는 동안 입으로만 걱정하고 입으로만 사랑한 사람들인데도 고맙게 문상을 와주었다. 이곳에서 나가면 말로만이 아닌, 마음을 다해 저들을 사랑하리라고 다짐하는 글이다.

둘러보니 섭섭한 마음을 가졌던 이들도 찾아왔다. 생각해보니 내가 잘못했던 적이 더 많았다. 그들에게 미안했다.

가족의 손 한 번이라도 잡아 주는 것이 더 값진 일이라는 것을 깨닫는다. 이웃들에게는 좀 더 따뜻하고 정다운 눈빛으로 마음을 주자고 다짐해 본다. 이 정도는 마음만 먹으면 얼마든지 할 수 있는 일인 것을 너무 인색하게 살았다.

사람이 살아가다보면 메타인식에 빠져들 때가 있다. 인식은 자신을 돌아보기 위한 반성이며 성찰이다. 죽음의 강을 건너는 위험을 연습해 보는 체험을 느낄 때 자신을 또 다름으로 성찰할 수 있을 것이다.

죽음을 체험한다는 일은 생을 초월한 삶을 살고 싶은 인식을 뛰어넘는 데서 얻어내려는 발상에서 새로운 이해를 이끌어내려는 과정이라고 말할 수 있다.

자신의 경험으로부터 깨닫게 되는 성찰이 있을 때, 또 다른 의식으로 깨어나게 될 것이다.

정 작가는 죽음의 체험에서 깨달은 의식으로부터의 반성과 성찰을 이렇게 들려주었다.

'살다 보면 마음속에서 탐욕이 꿈틀거리거나, 교만이나 증오심이 다시 일어나게 될지도 모른다. 그럴 때마다 온갖 후회하지 않기 위해 관속에 누워 있던 죽음 예행연습을 떠올려야겠다. 그때의 느낌, 그때의 다짐도 함께……. 그렇게 두고두고 죽음의 예행체험을 반성의 기회로 삼을 것이다.'라 하였다.

죽음은 삶의 의미를 가르쳐 주는 사유思惟다. 생명의 의미를 알고 나면 죽음을 깨닫게 된다. 죽는다는 것과 산다는 것을 알게 되면 인생이 왜 가치 있게 살아야 하는가를 인식하게 될 것이다.

공자는 죽음에 대하여 묻는 제자에게 삶도 모르는데 죽음을 어찌 알겠느냐(未知生 焉知死)라고 대답하였다 한다. 죽음을 생각지 않고 살고 있다면, 어떻게 살 것인지도 모를 일이다.

죽음 연습은 곧, 사람이 사람답게 살고자 함에서가 아니겠는가. 사람답게 사는 것은 쉬운 일인 듯, 하겠지만 어려운 일이라고 생각된다. 자신의 처지에서 그 직분을 다 할 때 사람다움으로 인정받게 된다. 어찌 그 맡은 일을 빈틈없이 처리하며 살아갈 수가 있겠는가. 자신의 주어진 임무를 다하고 타인을 위해 헌신하며 살아감이 쉽다고 할 수 있겠는가. 남이 어려움에 처해 있을 때 측은지심의 발동은 극한의 처지를 겪어본 사람일 때 삶의 자각이 일게 마련이다.

정금자 수필가는 죽음의 예행연습으로 자신을 성찰함으로 사람답게 살아가는 삶의 방법을 의미 깊게 들려주고 있다.

〈 먼 듯 가까운 죽음 〉
시어머님이 일찍 치매가 와서 힘든 삶을 살아갈 때 거룩한 죽음을 맞게 해 달라고 화자는 선종 기도를 했었다. 오랫동안 투병 중이시던 친정어머니를 위한 선종 기도로 이어졌다.

선종 기도는 일상이 됐다. 어느 날 정성들여 기도문을 외우다가 문득 죽음을 새롭게 생각해 보게 되었다. 그래서 죽음에 대한 생각을 미리 하게 된 글이다.

> 가까운 친지나 가족들의 죽음을 지켜보면서도 우리 자신의 죽음
> 에 대한 진지한 사색과 명상의 시간을 갖기 어려울 만큼 늘 무언가
> 에 쫓기며 산다. 이미 세상을 떠난 이들의 정다운 모습, 그리고 그
> 들과 함께했던 추억을 떠올릴 때면 세상엔 그리 숨차게 바쁠 일도
> 없을 것 같다는 생각이 든다. 아등바등 싸우거나 욕심을 부린 일
> 들, 번민하고 화를 내며 누구를 미워하거나 용서 못 했던 일들이
> 너무나 어리석게 여겨진다.

우리는 평소 죽음을 지켜보면서 어떻게 살까에 대한 걱정은 하지만, 어떻게 죽을 것인가에 대하여는 크게 고민하려 하지 않는다. 일상에서 가장 가슴 아프게 느껴져 오는 말은 죽음이 아닐까 생각된다. 가까운 사람이 세상을 떠났다는 소식을 들을 때 정신적인 충격을 받기도 한다. 죽음은 누구나 멀리하고 싶은 마음이다. 그러나 화자는 죽음에 대하여 초연함으로 들려주고 있다. 죽음 앞에서 사색과 명상의 감정들을 잊고 살아올 때 이미 세상을 떠난 사람들을 떠올린다면 속 좁게 살아갈 일이 아니라고 한다.

'아등바등 싸우거나 욕심을 부릴 일들, 번민하고 화를 내며 누구

를 미워하거나 용서 못 하는 일들이 너무나 어리석게 여겨진다.'라고 들려준다. 용서한다 함은 말로는 아주 쉬운듯하지만, 너그러운 마음을 가진 사람만이 할 수 있음이 아니겠는가. 공자 같은 성인도 평생을 충서忠恕의 마음을 다지며 살았다 하지 않던가.

보통 사람들은 '은혜는 물에 새기지만 원수는 돌에 새긴다.' 는 말을 하고 있다. 정 작가는 '원수는 물에 새기고 은혜는 돌에 새기라'며 어리석게 살지 말라고 일러주고 있다.

가볍게 죽기 위해서는 주변 정리를 잘해야겠다. 남은 사람들에게 짐이 되지 않게, 힘 있을 때 정리하자고 하면서도 잘 버려지지 않는다. 삶에 미련이 있어서인가 보다. 삶은 무겁고 죽음은 가볍다고 한 말이 머리에 맴돈다. 이 세상 정을 나누며 살았던 사랑하는 이들과의 영원한 이별은 미리 상상해 보는 것만으로도 슬프고 서운하다. (생략)

장수에 대한 미련은 없어도 자식들에게 누를 끼치거나 비참한 종말이 되지 않기만을 간절히 소망한다. 그러나 오직 하늘의 뜻에 맡길 수밖에 없는 운명의 형태에 대해서 자신 있게 말할 수는 없다. 미래의 어느 날 임종의 고통으로 말문이 막히거나 말을 못 하더라도 큰 아쉬움이 없을 만큼 평소에도 조금씩 떠나는 연습을 해야겠다.

죽음을 인식하고 나면 자신의 삶을 갈무리하는 종말도 소중하지 않을 수 없다. 죽는다는 생각을 갖는다는 그 자체만으로도 서글퍼진다. 생명이 있는 모든 사물은 오래 목숨을 유지하고 싶은 게 본심일 것이다. 죽음에 대하여 초연하게 인생의 운명을 받아들이는 화자의 의연함이 남다르게 느껴진다.

운명에 관한 처지를 사전에 진지하게 생각해 봄은 여생의 삶을 가치 있고 보람되게 하는 의미가 아닐까. 자식들에게까지 인간다운 품위를 상실하지 않으려 마지막 순간마저 가족들에게 누를 끼치지 않으려는 그 마음이 남다르다. 임종을 맞이하기 전에 떠나는 연습이 숙연하게 가슴으로 밀려온다.

〈 피사리 〉

쉬고 싶어도 사람의 손길을 기다리는 벼 생각에 몸을 일으키며 어느새 농군이 다 된 심정으로 들에 나간다. 농사는 힘든 일이라고 말들 했지만, 정성으로 작물을 가꾸고, 어려운 일은 농기계를 이용하고 품을 사서 하면 되겠지 하는 생각으로 용기를 내어 시작했다는 수필이다.

앞에도 뒤에도 주인의 손을 기다리는 일이 천지다. 친환경 농사를 하다 보니 제초제나 농약을 전혀 주지 않는다. 피와 잡초를 뜯어 먹게 우렁이를 논에 넣어주었다. 벼농사는 물관리가 생명인데 때를 놓치면 한 해 농사를 그르치게 되니, 몸은 고달파도 논밭으로 달려갈 수밖에 없다. 오늘은 벼의 성장을 방해하는 피를 뽑아주는 피사리하는 날이다.

논을 바라보니 벼보다 키가 큰 피 이삭이 보라는 듯 쑥 올라와 있다. 커다란 보자기로 가슴 앞쪽에 바랑을 만들고 논으로 발을 살며시 밀어 넣어 진흙 속에서 조심스레 발을 옮긴다. 우뚝하게 자라 머리를 내민 피를 뽑아 바랑 속에 밀어 넣었다. 벼를 헤치고 보니 아직 어린 연두색 피들이 여기저기 고개를 내밀고 있다. 숨바꼭질하다 찾아내는 스릴이랄까. 몰래 올라오는 싹을 발견하면 마치 도둑을 잡는 기분이다. 그늘에서 햇빛 한번 제대로 보지 못하고 여린 모습으로 숨으려 도리질하는 놈들을 보니 자르려던 손이 멈추어진다. 논이 아닌 개천이나 산에 자랐더라면 너도 좋고 나도 좋을 걸 그랬구나.

농업은 어떤 일보다 흙과 자연이 주는 진실함의 이야기다. 농사일은 가꾼 대로 거두게 되는 정직함이 있다. 주인이 돌보면 돌본 만큼 수확을 하게 된다. 속일 수가 없는 게 농사일이다. 가을이 되면 게으른 논에는 피 이삭만 보이고, 부지런한 주인의 논에는 누런 벼이삭만 가득하게 보인다.

벼농사에서 어려운 일중에 피사리를 하는 일이다. 서투른 농사꾼은 피를 분별할 줄 몰라 피사리를 못한다. 정 작가는 피사리를 하면서 마치 도둑을 잡는 기분이라며 즐거움을 느끼고 있다. 피를 뽑으면서도 한편으로는 생명을 제거하는 중에도 선한 마음을 내포하고 있다.

피사리가 아무리 힘들다 한들 사람을 키우는 일에 비교하랴. 마음의 잡초를 뽑아내고 심신을 건강하게 키우는 일은 한없이 가슴을 졸이게 하는 일이다. 논에 자라는 피는 눈에 보이기라도 하지만, 마음속 잡초의 뿌리를 찾는 일은 어렵고 어려운 일이다. 어릴 때 뽑아주지 않으면 이 잡초가 자라 범죄를 저지르고 사회를 혼란시키곤 하니 이보다 급하고 중요한 일이 어디 있겠나. 사회에 물의를 일으키는 범죄자들을 보면, 어려서부터 고운 인성과 지성을 키워주지 못한 우리 어른들의 책임과 무관하지는 않다는 생각에 연민이 간다.

예로부터 농자천하 대본이라 하였다. 자연과 함께 살아가는 농업인은 부지런한 만큼 욕심을 부릴 줄만 알지 그 외는 더 이상 바라지 않는다. 콩 심은데 콩 나고 팥 심은데 팥 난다는 정신으로 흙과 자연 속에서 살아감이다. 흙은 농작물을 가꾸는 사람의 마음을 스스로 겸손한 정신으로 살아가게 만든다.

정 작가는 피사리를 하며 인성교육에 비유하면서 마음의 잡초를 제거하는 일은 어릴 때부터 이루어 져야 한다는 교육적인 문제로 부모의 책임임을 예시하고 있다. 자신의 내면을 바르게 가꾸고, 남과 잘 어울릴 줄 알며, 인간다운 품성을 기르는 교육을 벼농사를 지으면서 피를 뽑는 것으로 비유한 표현의 문학성이 돋보인다.

한 해 벼농사도 정성을 다해 피사리를 해주고 가꾸어야 하는데 하물며 사람이랴. 누구나 판단력이 약한 어릴 적에는 나쁜 생각이 마음 안에 움틀 수 있다. 이때 주변의 관심과 사랑으로 올바른 교육이 이루어져야 한다. 누군가의 손길이 어린 마음에 자라는 잡초를 뽑아주고 잘 보듬어주어서 열매를 맺어 세상과 어울려 자기 몫을 다한다면 얼마나 보람된 일인가. 뽑아도 뽑아도 피를 없애지 못하듯, 이미 자라버린 마음의 잡초는 뿌리를 끊기 힘들다. 피사리를 하면서 사람 농사짓기가 얼마나 어려운 일인가를 새삼 느낀다.

피사리를 하는 것처럼 사람도 바람직한 방향으로 성장시키려면 어릴 때부터 사랑과 관심으로 인간형성을 위한 교육이 선행되어야 한다는 주장이다.

인간의 삶에 있어서 잠재능력을 계발하고 그것을 실현해 나가도록 잡초를 뽑아주어 특성을 지니고 있는 가치를 발현시켜 그 목표를 이루도록 보살펴 성장하게 만들어준다면 그 삶이 얼마나 보람된 일인가. 피사리를 하면서 생각을 인간교육으로 대비를 하였다. 이미 굽은 나무는 바르게 잡기가 어려운 것 같이 마음깊이 잡초가 뿌리를 벋어 있다면 사람다운 사람으로 이끌기가 어렵다는 의미를 들려주며 피를 뽑아내는 일이 인성교육의 중요성과 다르지 않음을 다시금 시사하고 있다.

피를 찾아 뽑으며 일을 하는 건 힘들지만 팍팍한 도시에서 느낄 수 없는 넓고 푸른 자연을 소유하는 기쁜 마음도 있다.

앞서가며 땀 흘리는 녹색 파도에 흔들리는 남편 모습이 애잔하다. 피사리는 내 속의 잡초를 뽑고 사랑을 키우는 노동이다. 벼가 익어간다…. 녹색 보호색으로 옷 입고 나타난 메뚜기가 앙증맞다.

고추잠자리는 벼 이삭 위에 앉아서 따스한 햇볕과 시원한 가을바람에 오수를 즐기는지 가까이 가도 날아가려 하지 않는다. 잠자리의 휴식을 방해할까봐 발걸음을 조심조심하며 다닌다.

농사일은 쉬운 일이 아니다. 푸른 들판의 자연과 함께 피를 뽑는 부부의 정겨운 모습이 한 폭의 수채화로 연상된다. 피사리는 마음의 잡초를 뽑아내고 사랑을 키우는 노동으로 은유시킨 서정적 문장 표현의 작품성이 감동된다. 친환경 농법의 덕분으로 메뚜기를 볼 수 있음이 이색적이며, 오수를 즐기는 잠자리의 휴식의 방해가 되지 않게 발걸음을 조심하는 농심이 푸근하게 느껴진다.

〈 동부를 따면서 〉

이 작품은 식물의 체험과 관찰의 생태학적 실험 수필의 색다름을 들려준다.

물이 흐르는 둑과의 경계를 연결하여 작물을 심었으나 온도의 차로 식물이 자라지 못함을 알았고, 해바라기 줄기에 동부덩굴을 올렸지만 감고 올라가지를 않았다. 식물의 타감작용他感作用을 은연중에 깨닫는다. 수필은 경험이며 통찰의 문학이다.

아! 무언 소통의 경지, 그것이 농부의 길이고 부모의 길인가? 연보라색의 동부 꽃이 예쁘게 피었다고 생각했는데 벌써 파란 꼬투리가 달리기 시작했다. 보통 콩은 한 꼬투리에 콩알이 두세 개 들어 있지만, 동부는 기다란 꼬투리에 여러 개가 들어 있는 것도 큰 매력이다. 덩굴줄기로 자라면서 꼬투리를 만들고 다시 줄기를 뻗어가면서 주렁주렁 동부가 달리는 모습이 사랑스럽다.

　욕심을 덜어낸 타인과의 배려가 사랑의 길이요, 작물과의 교감이 농심인 것을 이제야 깨닫는다. 나이 들면 오감伍感이 열리는지, 말없이 소통하는 사랑의 길이 행복의 길임을 터득한다. 길가의 작은 동부 꽃과의 교감이 곧 사람과의 소통이 아니겠는가! 태양과 소통하는 푸른 농원을 바라보며 삶의 계단을 오르고 있다.

　관찰의 표현으로 생동감을 준다. 식물의 자람을 통하여 세월의 흐름을 연상시키며 감동을 일깨우고 있다. 눈에 보이는 듯 감칠맛나게 콩의 생장을 그려놓았다.

　들에 나가보면 밭에는 깨달음을 준다. 속담에 콩 심은데 콩 나고, 팥 심은데 팥 난다라는 말이 실감난다. 씨앗은 거짓말을 하지 않는다. 있는 그대로 현상을 사실대로 보여준다는 오감의 소통으로 자연은 철학임을 동부꽃과의 교감을 아름답게 푸른 농원을 노래하였다.

　수필의 생명은 체험으로부터 얻어진 지혜의 철학이다. 〈조각보〉 수필집은 평범함에서 새로운 인식의 깨달음으로 들려주는 삶의 이야기다. 수필은, 예지叡智의 사고와 재치가 담겨져 있는 서정적 표현의 언어이다.

　정금자 작가의 수필을 읽으면 한 폭의 동양화를 감상하는 느낌이다. 그의 수필은 어떤 체함을 바탕에 두고 대화를 나누듯이 잔잔한 표현으로 어떤 삶의 의미를 들려주고 있다. 작품을 읽다보면 어느새 마음이 빠져들게 하고 있다.